Das Seminar (Thriller)

MARIETTA MIEMIETZ

Titel des amerikanischen Originals: Off-site

Übersetzt von Marietta Miemietz

Copyright © April 2012 Marietta Miemietz

ISBN-10: 1475277547
ISBN-13: 978-1475277548

WIDMUNG

Für meine Großmutter, deren kurze Krankheit mich zwang, meine sonstigen Projekte auf Eis zu legen, und deren schnelle Genesung es mir wiederum ermöglichte, mir meinen lebenslangen Traum zu erfüllen, ein Buch zu schreiben.

INHALTSVERZEICHNIS

	Danksagung	i
1	Vorahnung	1
2	Das Anwesen Moorland Manor	3
3	Nächtliches Abenteuer	15
4	Zwischen Baumkrone und Erde	18
5	Der anonyme Brief	23
6	Ein grausiger Fund	31
7	Gefangen	39
8	Flucht	50
9	In Sicherheit	57

DANKSAGUNG

Mein Dank gilt meiner Familie und meinen Freunden für ihre Ratschläge und ihr Verständnis dafür, daß ich häufig abgelenkt war, während ich dieses Buch schrieb. Mein besonderer Dank gilt meiner Mutter für ihre redaktionellen Anmerkungen, ohne die sich dieser Thriller vermutlich nur Investment-Bankern erschlossen hätte.

1 VORAHNUNG

„Du siehst nicht gerade begeistert aus, Schatz!"

„Ich bin auch alles andere als begeistert."

Aline warf ein weiteres Paar Socken in ihre Tasche und starrte ihren zerbeulten alten Koffer so finster an, als ob der an ihrem Unglück schuld sei. Ihr Freund Jim sah ihre bevorstehende Reise positiver und betrachtete ihren ansatzweise gepackten Koffer fast sehnsüchtig.

"Komm schon, so schlimm wird es nicht werden. Ich wünschte sogar, ich könnte mitkommen. Ein romantischer Aufenthalt in einem Geisterschloß in Cornwall klingt sehr viel besser als meine eigenen Pläne für das lange Augustwochenende."

„Ich weiß nicht, wie Du auf *Geisterschloß* kommst. Es ist lediglich eine verfallene Hütte auf dem Land, die seit Generationen einer Familie aus verarmtem Adel gehört. Und Du weißt genau, daß Du nicht mitkommen kannst, weil die Vorstellung, daß die Agribank-Mitarbeiter mit der Außenwelt Kontakt haben könnten, meine Vorgesetzten in Panik versetzt."

„Und außerdem muß ich ja noch so ganz nebenbei eine Präsentation fertigstellen. Mein Chef trifft nächste Woche einen potenziellen Kunden und ich möchte nicht Schuld sein, wenn wir kein Mandat gewinnen."

Jim seufzte. Er war auf lange Arbeitszeiten vorbereitet gewesen, als er eine Stelle in der Abteilung für Übernahmen und Fusionen einer der erfolgreichsten globalen Investment-Banken angenommen hatte, aber er hatte heimlich gehofft, hin und wieder ein Wochenende frei zu haben.

„Du kannst Dich glücklich schätzen, für eine Bank zu arbeiten, die sich noch fürs Geschäft interessiert. So etwas wird immer seltener. Bei meinem Job geht es nur noch um interne Politik."

„Ja, ja, ich weiß. Du hast mir schon mehrfach erzählt, daß Dein Leiter Aktienanalyse seit Generationen das erste Mitglied seiner Familie ist, das seinen Lebensunterhalt verdienen muß. Also kannst Du nicht erwarten, daß er besonders gut darin ist."

„Und außerdem nennt er sich nicht *Leiter Aktienanalyse*, sondern *Sektorübergreifender Koordinator*, denn nachdem sie meinen alten Chef gefeuert hatten, konnten sie seinen Nachfolger aus rechtlichen Gründen nicht Leiter Aktienanalyse nennen."

„Wie dem auch sei, ich finde Deine Reise jedenfalls cool. Ich wurde noch nie von einem Vorgesetzten in sein Landhaus eingeladen", staunte Jim, während er Aline dabei zusah, wie sie einen ganzen Stapel Schokoladentafeln in ihren Koffer fallen ließ.

„Und außerdem würde ich nicht die ganze Schokolade neben Deine Seidenblusen und Kaschmir-Pullis legen, da sie voraussichtlich schmelzen wird. Laut Wetterbericht wird es das heißeste Wochenende, das wir dieses Jahr hatten. Machst Du Dir wirklich Sorgen, daß Du bei Deinem Seminar nichts zu essen bekommst?".

„Wie ich schon sagte, ist es kein richtiges Seminar. Es nennt sich *Gruppendynamisches Off-Site Meeting*, und es würde mich nicht wundern, wenn ihre Vorstellung von Team-Arbeit darin bestünde, Dir Wurzeln vorzusetzen, die Deine Kollegen im Wald für Dich gesammelt haben. Aber vielleicht hast Du recht."

Aline entfernte die Süßigkeiten wieder aus ihrem Koffer, nicht ohne ein gewisses Bedauern. Sie war ein großer Schokoladenfan, aber noch mehr hing sie an den Kleidungsstücken, die sich fein säuberlich zusammengelegt zuunterst in ihrem Koffer befanden. Schweigend packte sie ihren Koffer fertig, bevor sie sich neben Jim auf die Couch kuschelte.

"Ich weiß, es klingt nach viel Spaß. Aber Du kennst meine Kollegen nicht. Ich fühle mich einfach nicht wohl mit Ihnen", murmelte Aline. Sie hatte noch keine Vorstellung davon, wie unwohl sie sich binnen zweiundsiebzig Stunden fühlen würde.

2 DAS ANWESEN MOORLAND MANOR

Während der langen Busfahrt von London nach Sandy Cove im Südwesten Cornwalls herrschte betretenes Schweigen. Alines Kollegen erinnerten wie üblich an Zombies, was ihr hier auf dieser Reise sehr viel unagenehmer war als bei der Arbeit. Sie hatte sich daran gewöhnt, ihr Umfeld im Büro zu ignorieren und sich voll und ganz auf ihre Analysetätigkeit und ihre Kunden zu konzentrieren. Aber hier in diesem Bus hatte sie keine Tastatur, auf der sie klappern konnte, und auch kein Cisco IP-Telefon, um mit der Außenwelt in Kontakt zu treten. Bereits nach relativ kurzer Zeit hatte sie alles erledigt, was sich per Blackberry erledigen ließ. Wurde nun von ihr erwartet, daß sie sich mit ihren Kollegen unterhielt? Oder genossen sie die letzten Stunden Einsamkeit bevor sie an ihrem Zielort ankamen, wo vermutlich von Ihnen erwartet wurde, daß sie rund um die Uhr ihre Teamfähigkeit unter Beweis stellten? Sie erwog kurz, sich neben einen der anderen Analysten zu setzen und über irgendein harmloses Thema zu plaudern. Aber sie wußte nicht, wie sie das Gespräch beginnen sollte, und die Vorstellung, daß eine dieser blutarm wirkenden Gestalten sie einfach nur hilflos anstarren könnte, war alles andere als berauschend.

Am liebsten hätte Aline die Reisezeit genutzt, um liegen gebliebene Projekte aufzuarbeiten. Vincent Worthington, der vor kurzem zum Sektorübergreifenden Koordinator der Agricultural Bank of Southern England befördert worden war, besaß eine außergewöhnliche Gabe, eine Beschäftigungstherapie nach der anderen für seine Abeilung zu erfinden – als ob die Analysten, die ja in erster Linie um ihr Ansehen am Markt kämpfen mußten, nicht schon mit ihrer eigentlichen Arbeit alle Hände voll zu tun gehabt hätten. Folglich hatte Alines Liste an unerledigten Arbeiten ungeheuerliche Ausmaße angenommen. Eigentlich konnte sie es sich nicht leisten, während des gesamten dreitägigen Bankfeiertagswochenendes im

August nicht zu arbeiten. Aber an einem Laptop zu arbeiten war völlig unmöglich und selbst Lesen war riskant angesichts der Warnungen ihres Vorgesetzten. Vor der Abfahrt hatte Vincent sehr deutlich gesagt, was er von seinen Analysten erwartete. Sie sollten sich voll auf dieses Off-Site Meeting konzentrieren, ohne sich durch Arbeit oder andere störende Faktoren ablenken zu lassen.

Der Sinn dieser Unternehmung war Aline immer noch nicht klar. Das unerhört teure zweitägige Seminar zur hohen Kunst der Gruppenarbeit schien ein Endzweck zu sein. Es bestand scheinbar keinerlei Verbindung zu AgriBanks Geschäft oder Kunden - ein Phänomen, an das sich Aline gewöhnt hatte seit vor sechs Monaten fast alle wichtigen Management-Positionen neu besetzt worden waren. Diese Veränderungen waren wiederum eine Folge von einer Reihe von Refinanzierungen und strategischen Neuorientierungen gewesen, die durch die Finanzkrisen in 2008 und 2011 notwendig geworden waren. Vor der Krise hatte AgriBank einen beneidenswerten Ruf als einer der stabilsten und angenehmsten Arbeitgeber in der Londoner City genossen.

Aber 2008 hatten hohe Abschreibungen und Sorgen um Liquiditäts-Engpässe die mittelgroße Bank veranlaßt, zwei strategische Investoren mit ins Boot zu nehmen, die sehr viel kurzfristiger agierten. Diese Tatsache war bereits ausreichend gewesen, um den Betrieb bei AgriBank gehörig durcheinander zu bringen. Dennoch hatte sich die britische Traditionsbank relativ gut durchlaviert, bis die französische Bank *Crédit Continental,* die seit der ursprünglichen Kapitalerhöhung einen erheblichen Anteil an AgriBank hielt, während der Bankenkrise 2011 von einem eilig gegründeten russisch-chinesisch-brasilianischen Konsortium vor der Pleite gerettet werden mußte. Darauf waren tiefgreifende Veränderungen im Aufsichtsrat und Vorstand der AgriBank erfolgt. Das Ergebnis war eine kunterbunte Mischung aus unterschiedlichen Unternehmenskulturen und unzusammenhängenden Plänen, an denen die Zielvorgaben der AgriBank-Mitarbeiter festgemacht wurden. Die Umsetzung im Tagesgeschäft gestaltete sich entsprechend schwierig.

So war es nicht weiter erstaunlich, daß seither Verwirrung herrschte und die Abteilungsleiter sich zunehmend sträubten, zu irgendwelchen Themen in irgendeiner Form Stellung zu nehmen. Vincent berief seine Abteilung nur selten zu Meetings ein; Kunden erwähnte er dabei fast nie. Der Inhalt und die Qualität der Analysen, die seine Schützlinge anfertigten, schienen ihn nicht zu interessieren. Er genoß es jedoch, den Eindruck zu vermitteln, daß die Analysten nicht genug von dem leisteten, was sie hätten leisten sollen – was immer das auch sein mochte. Theoretisch hätte Aline dank ihres hohen Arbeitseinsatzes zu den Lieblingen des Managements zählen sollen. Das Gegenteil war jedoch der Fall: je härter sie arbeitete und je mehr Geschäft sie generierte, desto mehr Mißfallen schien sie zu ernten. Zugegebenermaßen beinhaltete ihre Analyse des Bankensektors häufig spitze Bemerkungen über den Zustand der Finanzmärkte im allgemeinen, auf die ihre Vorgesetzten sicherlich hätten verzichten können. Aber selbst ihre weniger kontroversen Studien gaben in der Regel Anlaß zu unverhohlener Ablehnung auf den höheren Etagen.

Falls es einen Schlüssel gab, um ihre Vorgesetzten zufriedenzustellen, so wusßte Aline zumindest nicht, worum es sich dabei handeln sollte. Nicht, daß ihr dieses Phänomen schlaflose Nächte bereitet hätte. Zwar schüttelte sie den Kopf über Vincents Einstellung; Sorgen brauchte sie sich jedoch keine zu machen. Sie war ein aufgehender Stern am Himmel der Aktienanalyse, AgriBank war als Plattform für ihre Karriere einigermaßen brauchbar, und falls sie je den Eindruck haben sollte, daß ein unfähiges Management ihr nicht genügend Unterstützung lieferte, würde sich früher oder später eine Möglichkeit ergeben, zu einem Konkurrenten zu wechseln. In anderen Worten, die Welt lag ihr zu Füssen.

Allerdings bestand ihre Welt in diesem Augenblick lediglich aus ihrem Sitz in diesem Bus, den ihre Firma gemietet hatte, um sie in eine abgelegene Gegend zu bringen, wo nichts weiter von ihr erwartet wurde, als daß sie gemeinsam mit ihren Kollegen ihre Teamfähigkeit unter Beweis stellte. Zu ihrer Erleichterung war das Fahrzeug sehr geräumig; es gab mehr als doppelt so viele Sitze wie Reisende. Sie hatte sich Sorgen gemacht, daß die Gruppe während der Busfahrt ähnlich wie im Büro auf engstem Raum zusammengequetscht würde. Stattdessen hatte sie zwei Sitze für sich allein, und die beiden gegenüberliegenden Sitze waren ebenfalls frei.

Insofern war die Atmosphäre sehr friedlich, und während sie aus dem Fenster sah und die Landschaft betrachtete, vergaß sie beinahe ihr Umfeld. Ihre Reise führte durch malerische Dörfer, wo die Zeit stillzustehen schien, dichte Wälder aus hohen, erhaben wirkenden Bäumen, die nur wenige Sonnenstrahlen durchließen, salziges Marschland und trockene Heidelandschaften, bis sie schließlich die spektakuläre, zerklüftete Küstenlandschaft Cornwalls erreichten. Sie fuhren an Gegenden vorbei, in denen kornisches Heidekraut wuchs. Die lavendelfarbenen Pflänzchen wirkten in der Abendsonne noch zarter; feierlich reckten sie sich zwischen trockenen Gräsern, als wären sie stolz auf ihre Fähigkeit, unter schwierigen Bedingungen zu überleben. Das Meer wirkte tiefblau und schimmerte einladend, während sanfte Wellen die steinige Küste umspielten. So hatte sich Aline England aufgrund von Agatha Christies und Arthur Conan Doyles Erzählungen vorgestellt. Vor mehr als hundert Jahren hatte Sherlock Holmes diese Gegend bereist, gefolgt von Miss Marple und Alines berühmtem Landsmann, Hercule Poirot.

Alines Träumereien wurden nur zweimal unterbrochen. Die erste Unterbrechung bestand darin, daß Vincent sich pflichtbewußt für jeweils ungefähr zwei Minuten neben jeden seiner Untergebenen setzte und sich oberflächlich mit ihm unterhielt. Aline dankte ihm höflich für die freundliche

Einladung. Mit ernster Miene, die so gar nicht zur Belanglosigkeit des Anlasses passte, entgegnete Vincent, daß viele Mitarbeiter der Zusammenarbeit im Tagesgeschäft nicht genug Aufmerksamkeit widmeten, obwohl Gruppenarbeit von herausragender Bedeutung sei; aus diesem Grund habe er beschlossen, ein Seminar zu diesem Thema zu veranstalten. Er sah Aline tief in die Augen mit dem für ihn typischen traurigen wie auch flehenden Gesichtsausdruck, bevor er sich hastig entfernte, um ein weiteres Mitglied seiner Abteilung zu beehren, genau wie er es selten, aber dennoch regelmäßig im Büro tat.

Vincent hatte sein eigenes Büro eine Etage über dem Analyse-Raum, wo Aline und ihre Kollegen wie die Hühner auf der Stange saßen. Er glänzte nur selten mit Anwesenheit auf Alines Etage, und sie vermutete, daß sie seine seltenen Besuche in erster Linie seinem Pflichtgefühl als Abteilungsleiter verdankten und weniger dem Wunsch, mit seinen Mitarbeitern zu sprechen. Soweit Aline es beurteilen konnte, hatte kein einziger der Analysten ein herzliches Verhältnis zu ihm. Sie verstand nicht, weshalb er sich unter ihnen so unwohl zu fühlen schien. Seine Position war natürlich nicht ideal, er hatte erst vor kurzem die Abteilungsleitung übernommen, und dies war im Zuge einer Neubesetzung von Führungspositionen geschehen, die faktisch zu seiner Degradierung geführt hatte. Ihm war vermutlich klar, daß seine neue Position weithin als Rückschritt gesehen wurde. Keinen der Analysten hatte er persönlich eingestellt, sie alle waren von einem seiner vielen Vorgänger rekrutiert worden. Aline sagte sich, daß dies seine Isoliertheit zumindest teilweise erklärte. Ihrer Ansicht nach war dies jedoch keine befriedigende Erklärung für die seltsamen Emotionen, die jedes Mal in seinen Augen aufflackerten, wenn er Aline gegenüberstand – Emotionen, die sie nur schwer deuten konnte, und die an Angst erinnerten.

Die zweite Unterbrechung war auf eine Kollegin zurückzuführen. Julia, eine junge Analystin, die für den Ölsektor zuständig war, entschied sich für den Weg, den Aline kurz erwogen und dann wieder verworfen hatte. Sie ließ sich auf den Sitz neben Aline fallen und schnatterte vergnügt drauf los. Beinahe gelang es ihr, den Eindruck zu erwecken, sie seien Schüler auf einem Wandertag. Aline wurde aus Julia nicht schlau. Auf den ersten Blick wirkte sie völlig normal, aber ihre Kontaktfreudigkeit passte so gar nicht zur friedhofsähnlichen Atmosphäre im Büro, daß sie den Eindruck vermittelte, sich nicht an Konventionen zu halten. Manchmal wirkte sie dadurch wie ein Gast, der in Abendkleidung zu einem lockeren Treffen erschien. Die anderen Analysten schienen Julia zu vermeiden. Es war Aline nicht gelungen, die Gründe hierfür zu eruieren; ihre Kollegen äußerten sich zwar negativ, aber nur sehr vage über Julia.

Das Management schien die Bedenken der Analysten Julia gegenüber zu teilen. Vincents Vorgänger Jonathan hatte versucht, Julia zu unterminieren, wo immer er konnte. Aber am verblüffendsten war Vincents eigenes

Verhalten. Obwohl die Arbeitsatmosphäre bei AgriBank alles andere als angenehm war, hatte Vincent die seltsame Angewohnheit, seine Analysten während seiner seltenen Besuche zu fragen, ob sie glücklich seien. Der Tonfall, in dem er diese Frage stellte, variierte. Je nachdem, mit welchem Analysten er gerade sprach, war sein Tonfall witzelnd, zögerlich oder väterlich. Jedesmal, wenn er Aline fragte, ob sie glücklich sei, lag ein seltsam flehender Ton in seiner Stimme, als fürchte er, sie könnte die Frage verneinen und es ihm überlassen, mit den Konsequenzen fertig zu werden. Julia war die einzige Mitarbeiterin, der er die Glücksfrage nie stellte. Wann immer er neben ihrem Schreibtisch stand, sah Julia mit einem fröhlichen Lausbubengrinsen zu ihm auf, und er starrte sie in panischem Entsetzen an, unfähig oder nicht Willens, auch nur ein Wort zu äußern.

Julia hatte sich vom ersten Tag an zu Aline hingezogen gefühlt. Oberflächlich betrachtet gab es nichts, was gegen eine Freundschaft zwischen den beiden jungen Frauen sprach. Sie hatten sogar ausgesprochen viel gemeinsam. Beide waren erst vor kurzem zur AgriBank gekommen; Julia hatte ihre Stelle lediglich zwei Monate vor Aline angetreten. Beide waren von Kontinentaleuropa nach London gezogen; Julia war in Deutschland aufgewachsen, während Aline den Großteil ihrer Kindheit und Jugendjahre in Belgien verbracht hatte. Beide waren ehrgeizig; sie waren diejenigen, die abends im Büro das Licht ausschalteten. Julia produzierte Studien am laufenden Band und fand ständig neue Kunden. Häufig bot sie Aline an, sie ihren Kunden vorzustellen.

Julias Freundschaft wäre das perfekte Mittel gegen das Gefühl von Einsamkeit und Hoffnungslosigkeit gewesen, das Aline überkam, sobald sie das düstere Büro betrat – wenn sie sich in Julias Gegenwart wohlgefühlt hätte. Aber Julia machte sie nervös; sie wußte nicht, weshalb. Hatte sie lediglich Angst, daß ihre unbeliebte Kollegin sie weiter ins Abseits ziehen und von ihren anderen Kollegen isolieren würde, mit dem Ergebnis, daß ihre Karrierechancen bei AgriBank schwanden? Oder gab es da noch etwas anderes – etwas an Julias Auftreten, was Aline in Alarmbereitschaft versetzte?

Während Aline über diese Frage nachdachte, schnatterte Julia aufgeregt weiter.

„Du weißt ja, was auf diesem Anwesen geschehen ist, nicht wahr?" wollte sie wissen. Alines offensichtlich mangelndes Interesse schien sie nicht zu kümmern.

„Ich weiß es nicht, und ich glaube, ich will es auch gar nicht wissen."

„Na ja, früher oder später wird Dir wohl zu Ohren kommen, was es mit der Tragödie auf sich hat, die sich dort abgespielt hat. Es erklärt manches."

„Wie auch immer."

„Ich weiß, was Du meinst. Aber an Deiner Stelle würde ich das so nicht Vincent gegenüber ausdrücken. Ihm hat das Ganze ziemlich zugesetzt. Na, mal sehen, was das Wochenende so bringt."

Alines Neugier war geweckt. Sie fühlte sich wie ein Leser, der den Text auf der Rückseite eines Buches gelesen hatte und die Auflösung wissen wollte. Wenn sich Julias Bemerkung auf einen Roman bezogen hätte, dann hätte sie jetzt die Seiten durchgeblättert, bis sie zu der Stelle kam, wo die Tragödie beschrieben wurde, die das Anwesen ‚Moorland Manor' heimgesucht hatte. Aber im echten Leben widerstrebte es ihr, sich mit Vincents Familienangelegenheiten zu befassen. Dieser kleine, bucklige Mann mit den traurigen Augen hatte etwas Unwirkliches an sich, und dabei wollte Aline es belassen. Alles, was mit ihrer Arbeit bei AgriBank zusammenhing, wirkte irgendwie unecht, und sie hatte keinerlei Absicht, irgendeinen Aspekt ihrer Anstellung echt werden zu lassen. Sie besaß eine erstaunliche Fähigkeit, sich auf ihre Arbeit zu konzentrieren. Wann immer sie in ihre Projekte eintauchte, verschwand ihr Umfeld im Hintergrund, wie eine vergilbte alte Tapete in einem möblierten Zimmer. Sie nahm dann nichts mehr wahr – weder die leblosen AgriBank-Mitarbeiter, noch den drohenden Tonfall der Rundschreiben des Managements, noch Vincents unzusammenhängende Präsentationen, noch die seltsame Stille im überfüllten Analyse-Raum, noch die billigen Plastik-Schreibtische oder die schmutzigen alten Teppiche. Es war ihr lieber, daß diese Dinge im Hintergrund blieben. Jeder Versuch, die Beweggründe ihrer Chefs und Kollegen zu verstehen, würde unweigerlich dazu führen, daß letztere zum Mittelpunkt ihres Arbeitsalltags wurden – und genau das wollte sie um jeden Preis vermeiden.

Zu ihrer Überraschung kehrte die Gruppe während der langen Reise nicht in einem Gasthaus ein. Noch verblüffender war, daß sich keiner ihrer Kollegen hierüber beschwerte. Zugegebenermassen schienen sich ihre Kollegen auch nicht an den grauenhaften Arbeitsbedingungen zu stören, die die AgriBank-Mitarbeiter Tag für Tag erwarteten und die von eisigen Temperaturen oder einem Komplettzusammenbruch der Klima-Anlage bis hin zu TV-Programmen reichten, die in voller Lautstärke über Raum ausgestrahlt wurden, während Aline verzweifelt versuchte, sich am Telefon zu verständigen. Aber sie aßen doch sicherlich zu Abend? Oder war es möglich, daß sie direkt aus einer *Twilight*-Episode ensprungen waren und darauf warteten, nach Sonnenuntergang von menschlichem Blut zu leben? Aline schüttelte ungläubig den Kopf. Sie konnte nur hoffen, daß in irgendeiner Form irgendetwas Essbares bei ihrer Ankunft bereitstand.

Die Sonne ging bereits unter als der Bus vor Vincents Familienanwesen in der Nähe von Sandy Cove hielt. Vor dem dunkler werdenden Himmel wirkte das weitläufige alte Landhaus majestätisch und ein wenig bedrohlich. Die Residenz mit Blick aufs Meer, die einer von Vincents Vorfahren ‚Moorland Manor', oder ‚Heideland-Anwesen', getauft hatte, war vor über hundert Jahren auf grasbewachsenen Klippen erbaut worden. Das Wasser lag an diesem lauen Sommerabend still und unheimlich da. Ein wenig fühlte sich

Aline an ein Geisterschloß erinnert. Jim wäre begeistert gewesen. Der Busfahrer stellte den Motor ab und Vincent nahm das Mikrofon zur Hand.

„Willkommen auf Moorland Manor!" sagte er im stolzen Tonfall eines Gastgebers, der seine Gäste willkommen heißt. Anscheinend hing er sehr an seinem Familienbesitz, ungeachtet jedweder Tragödie, die sich dort abgespielt haben mochte. „Wie ihr wißt, hat die Bank großzügiger Weise diese Reise finanziert, und meine Angehörigen stellen dieses Anwesen zur Verfügung, damit ihr euch fernab von den Ablenkungen, die sich im Büro notwendigerweise ergeben, gegenseitig besser kennenlernen könnt. Damit ihr dem Seminar auch wirklich eure volle Aufmerksamkeit widmet, bitte ich euch, mir eure Blackberries, Mobiltelefone, i-pads und sonstigen elektronischen Geräte zu geben. Ich werde sie euch auf der Rückfahrt nach London zurückgeben. Während ich eure Handys einsammle, werde ich auch jedem von euch ein Blatt Papier geben, auf dem der Name des Zimmers steht, in dem ihr untergebracht seid. Ihr habt zwanzig Minuten Zeit, um auszupacken, und dann treffen wir uns wieder im Salon, um das Abendessen zu besprechen."

Aline war empört. Daß sie ihr eigenes Telefon abgeben mußte, empfand sie als bodenlose Frechheit! Sie hatte schon öfters die sozialistisch angehauchte Einstellung ihrer Vorgesetzten lamentiert. Generell schienen sie persönlicher Entwicklung und Erfüllung bei der Arbeit wenig Wert beizumessen. Aber jetzt wurde es allmählich Orwellesk. Immerhin munterte sie die Aussicht auf ein eigenes Zimmer etwas auf. Sie war sich nicht sicher, welche Art von Unterbringung sie eigentlich erwartet hatte, aber angesichts ihres Großraumbüros, wo fast vierzig Leute auf engstem Raum zusammengequetscht sassen, war sie innerlich darauf vorbereitet gewesen, ihre Nächte in einem überdimensionierten Schlafsaal zuzubringen. Sie mußte unwillkürlich an eines ihrer ersten Semester an der Universität denken, als ihr Studentenzimmer nicht rechtzeitig zu Vorlesungsbeginn fertig geworden war. Mitarbeiter der Fakultät hatten versucht, sie zu überreden, die ersten zwei Wochen in einer Jugendherberge zu verbringen, wo sie einen Schlafsaal mit dreißig anderen Studenten hätte teilen sollen. „Das wird ein großer Spaß!" hatten sie ihr mit Sternchen in den Augen versprochen. Aline hatte gespürt, wie ein eiskalter Schauer sie überlief und hatte kurzerhand beschlossen, das Semester später zu beginnen und notgedrungen ein paar Vorlesungen zu verpassen. Aber auf dem Absatz kehrt zu machen, wäre auf Moorland Manor leider keine Option gewesen.

Erleichtert angesichts der Aussicht auf etwas Privatsphäre, zumindest während der wenigen Stunden, die sie voraussichtlich in ihrem Zimmer verbringen durfte, dachte sie über Vincents kryptische Bemerkungen zum Thema Nachtmahl nach. Wie konnte man das Abendbrot besprechen? Soweit Aline es beurteilen konnte, gab es lediglich zwei Möglichkeiten für das Abendessen: man konnte es einnehmen oder ausfallen lassen. Es gab nichts zu besprechen, es sei denn, die bevorstehende Gruppenarbeit beinhaltete das gemeinsame Verfassen einer Gastronomie-Kolumne. Vielleicht hatte Vincent ja lediglich ausdrücken wollen, daß sie gemeinsam ein Restaurant in der Umgebung auswählen würden. In dem Falle hoffte Aline, daß die Wahl auf ein italienisches Restaurant fiele, was ihrer Ansicht nach immer eine gute Wahl war. Zumindest drückte sie die Daumen, daß es keine größere Lobby für japanisches Essen geben würde, da sie die Begeisterung vieler Freunde und Bekannten für Sushi nicht teilte. Ob sie wohl ein Vetorecht hätte, falls der Vorschlag gemacht würde, ein Sushi-Restaurant aufzusuchen? Falls ja, würde sie sich durch ein Veto als ‚team-unfähig' outen, und würde das Wochenende dadurch noch unerträglicher werden, als es ohnehin schon war? Vermutlich war es müßig, über all dies zu spekulieren, da sie stark vermutete, daß es in der Nähe nicht all zu viele Restaurants zur Auswahl geben würde. Aline bezweifelte sogar, daß es in einem Radius von zwanzig Meilen irgendwelche Geschäfte oder Theater oder Nachbarn gab. Das trostlose Anwesen war mit Abstand das abgeschiedenste Fleckchen Erde, auf das sie je den Fuß gesetzt hatte.

Vincent unterbrach ihre Überlegungen, indem er ihr ein Notizblatt aushändigte, auf das er den Namen ihres Zimmers gekritzelt hatte. Man hatte ihr *Dartmoor* zugewiesen. Was für eine Familie gab den Zimmern in einem Privathaus nur solche Namen? Für Aline war es bereits schmerzhaft genug, wenn Hotelzimmer oder Konferenzräume in Bürogebäuden nach berühmten Städten benannt waren. Sie wollte lieber gar nicht erst wissen, was in den Köpfen von Menschen vorging, die die Schlafzimmer in ihren eigenen Häusern nach Städten benannten, die in erster Linie für ihre Gefängnisse bekannt waren. Vincent sah sie erwartungsvoll an, woraufhin sie ihm gehorsam ihren Firmen-Blackberry überreichte.

„Ich glaube, Du hast auch ein Handy", sagte er mit einem leicht drohenden Unterton in der Stimme.

Aline überlegte kurz, wie sie mit der Situation am besten umgehen sollte. Sie konnte natürlich leugnen, daß sie ein privates Handy mitgebracht hatte, aber sie ging davon aus, daß Vincent das kleine orange-farbene Gerät während der Reise in ihrer Hand gesehen hatte. Zumindest würden ihre Beteuerungen, kein eigenes Mobiltelefon zu besitzen, nicht glaubwürdig klingen. Sie fühlte zum wiederholten Male Wut in sich aufsteigen. Es gab überhaupt keinen Grund, zu lügen. Schließlich gab es keinerlei Regeln gegen die Benutzung von privaten Mobiltelefonen außerhalb der Geschäftszeiten!

„Ich werde es während des Seminars nicht benutzen", erwiderte sie entschieden, in der Hoffnung, daß Vincents Erziehung in einer blaublütigen, wenn auch finanziell notleidenden Familie ihn davon abhalten würde, das Thema weiter zu vertiefen. Sie hatte jedoch seine Sturheit unterschätzt. Traurig schüttelte er den Kopf und hielt eine Hand auf. Da sie kein Theater machen wollte, überreichte sie ihm widerstrebend das besagte Handy. Es blieb zu hoffen, daß sie entweder alle SMS-Nachrichten, in denen sie sich bitter über die Arbeitsbedingungen bei AgriBank beschwert hatte, bereits gelöscht hatte, oder daß Vincent sich nicht die Mühe machen würde, sie zu lesen.

Fünfundzwanzig Minuten später stand Aline in einer grossen, altmodischen Küche. Man hatte ihr die banale Aufgabe zugeteilt, saure Gurken zu schneiden. Die ‚Besprechung' zum Thema Abendessen hatte darin bestanden, die Hausarbeit unter den Anwesenden aufzuteilen. Julia war gerade damit beschäftigt, den Tisch zu decken, während mehrere andere Analysten das Essen zubereiteten. Aline war inzwischen zu dem Schluß gekommen, daß ihr eigentlich hätte klar sein müssen, daß ihre geizige Firma niemals für ein Restaurant oder einen Party-Service zahlen würde. Wahrscheinlich lagen sie bereits aufgrund der Busfahrt weit über ihrem Budget, und das Management würde bald verzweifelt einen Plan zur Kostenreduktion ins Leben rufen. Vermutlich würden sie dann querbeet Geschäftsreisen absagen, Taxis verbieten und die Abonnements von einschlägigen Zeitschriften und Datenquellen streichen.

Zumindest war die Vorratskammer auf Moorland Manor gut bestückt. Die Regale bogen sich unter Kartoffeln, Tomaten, Karotten und allen nur erdenklichen Lebensmitteln in Dosen. Außerdem gab es einen großen Kühlschrank, der mit Käse, Schinken und Dutzenden von frischen Eiern angefüllt war. Aline, die sich normalerweise um Haushaltsarbeit drückte, wo sie nur konnte, mußte zugeben, daß dieses alte Herrenhaus, das sie so verächtlich als verfallene Hütte bezeichnet hatte, überraschend gut ausgestattet war. Mit Ausnahme von Aline schienen alle Spaß an ihren Aufgaben zu finden. Sie konnte sich nicht entsinnen, die Gruppe in der Küche schon einmal während der Bürozeit so animiert erlebt zu haben.

„Hey, Leute, ich habe frische Pilze gefunden!" rief der für Nahrungsmittel-Einzelhandel zuständige Analyst, Fred Frobisher, aufgeregt. Aline fand es passend, daß er für die Analyse von Nahrungsmitteln verantwortlich war. Angefangen von seinem affenartigen Gesicht über seinen buckligen Rücken bis hin zu seiner Aussprache, die an die Laute eines Chimpanzen erinnerte, vermittelte alles an ihm den Eindruck, daß das Schälen von Bananen die schwierigste Aufgabe sei, die zu bewältigen er in der Lage war. „Die perfekte Abrundung für den Salat."

Aline öffnete ihren Mund, um zu verkünden, daß sie Pilze haßte und es ihr lieber wäre, wenn sie auf einer separaten Platte serviert statt unter den Salat gemischt würden, überlegte es sich jedoch anders. Sich während eines gruppendynamischen Seminars lauthals zu weigern, etwas zu essen, was ein Kollege zubereitet hatte, war vermutlich ungefähr so, als trüge man ein Schild mit den Worten ‚Ich bin ein Eigenbrötler' vor sich her. Es war vermutlich klüger, die Pilze später einzeln aus dem Salat zu klauben und zu hoffen, daß ihre Mitreisenden zu höflich waren, um den Pilzhaufen auf ihrem Teller zu kommentieren. Neben Aline war Roger, ein Maschinenbau-Analyst, damit zugange, Tomaten in winzige Stücke zu schnipseln, als wolle er ein neues Nanomaterial erfinden, während ein hochgewachsener Analyst mit rotbraunem Haar, der erst vor kurzem bei AgriBank angefangen hatte und Aline nie vorgestellt worden war, in die Runde fragte, wieviel Milch man brauche, um Rührei zuzubereiten. Vincent griff nur einmal ein, als Tom Kearney, ein hochmütiger junger Bankanalyst, der vor wenigen Monaten zu Alines Team dazugestossen war, versuchte, eine Flasche Jahrgangswein der Marke *Baron de Rothschild* zu öffnen, den er im Weinkeller gefunden hatte. Alines Chef schien keinerlei Notiz davon zu nehmen, daß einer seiner Untergebenen ein Glas teuren Kaviars aufmachte; vielleicht war es ihm auch gleichgültig.

Nach der willkommenen Ablenkung durch den unfreiwilligen Küchendienst setzte sich die Gruppe in einer fast geisterhaften Atmosphäre zu Tisch. Die Wandlampen gaben nur ein schwaches Licht, und so zündeten sie Kerzen an, die jedesmal flackerten und groteske Schatten auf die Wände warfen, wenn jemand die Butter reichte oder nach dem Wasserkrug griff. Sie aßen schweigend. Aline war gerade dabei, einen wachsenden Pilzhaufen unter einem Stück angebissenem Brot zu verstecken, als Vincent etwas verspätet mit einem Löffel gegen sein Glas schlug. Zweiunddreißig Augenpaare richteten sich gehorsam auf ihn. Aline hoffte, daß er sich kurz fassen würde. Über die Jahre hatte sie die Fähigkeit entwickelt, während langweiliger Reden einigermaßen interessiert und gegebenenfalls amüsiert zu erscheinen, aber Vincents Ergüsse waren in der Regel so jämmerlich, daß es den Zuhörern einfach nur peinlich war. Seine Willkommensrede war keine Ausnahme; Aline schauderte es bei seinen Versuchen, witzig und geistreich zu wirken.

„Ich freue mich, euch auf Moorland Manor willkommen zu heißen!", begann er in erhabenem Tonfall. „Aber ich habe keine Illusionen. Die meisten von euch sind unfreiwillig hier. Vermutlich fragt ihr euch: *Warum muß ich mein langes Wochenende am Ende der Welt verbringen?*" Vincents Blick wanderte durch den Raum, bis er bei Aline hängenblieb, als hätte er die Szene mit Jim am Vorabend mitbekommen. „Ihr fragt euch sicherlich: *Ist dieser Typ denn vollkommen durchgedreht, daß er einen Bus mietet und seine ganze Abteilung zu seinem Familienanwesen einlädt? Das treibt doch nur seine Hausratsversicherungsprämie in die Höhe!*". Er quittierte seinen eigenen Witz mit einem hohlen Lachen. Dies war eine bizarre Angewohnheit von ihm; häufig liess er auf die Ankündigung einer schlechten Nachricht ein irres Lachen folgen. Mitunter zweifelte Aline an seinem Verstand. „Aber täuscht euch nicht, ihr werdet in eurer Karriere an einen Punkt kommen, wo ihr mir dankbar sein werdet. Die Welt hat sich verändert. Die Wettbewerbsfaktoren in der Aktienanalyse haben sich gewandelt. Nur im Team könnt ihr erfolgreich sein. Wenn es keinen Zusammenhalt innerhalb der Abteilung gibt, ist unsere langfristige Wettbewerbsfähigkeit in Gefahr. Bisher hat diese Abteilung in diesem Jahr lediglich drei sektorübergreifende, gemeinsame Analyseprojekte durchgeführt. Ich sage es euch ganz offen: das genügt nicht. Die gute Nachricht ist, daß ihr noch vier Monate Zeit habt, um das Ruder herumzureißen."

Ich sage es euch ganz offen gehörte zu Vincents Lieblingssprüchen, und er brachte diese Redewendung in der Regel genau dann an, wenn er etwas besonders Scheinheiliges von sich gab. Aline fühlte wiederum Groll in sich aufsteigen. Sie war ja durchaus gewillt, mit ihren Kollegen zusammenzuarbeiten, wann immer sie ein gemeinsames Ziel verfolgten. Aber die meisten der anderen Analysten in ihrer Abteilung waren für unterschiedliche Sektoren verantwortlich und richteten sich an unterschiedliche Zielgruppen. Es gab schlicht und einfach keine Überschneidungen zwischen ihren Studien, und sie hatte viele wertvolle Stunden damit verschwendet, genügend Gemeinsamkeiten aufzudecken, um in irgendeiner Form eine Studie gemeinsam herauszugeben, nur weil dies bei AgriBank geade groß in Mode war.

„Wenn ihr euch sagt *Ich bin ein guter Analyst, ich kenne mich in meinem Sektor aus, bei den Kunden bin ich hoch angesehen, also werde ich wohl einen hohen Bonus bekommen,* dann täuscht ihr euch!" fuhr Vincent fort. Aline nahm estaunt zur Kenntnis, daß Zorn in seiner Stimme mitschwang. „Und die Auswirkungen sind nicht auf euren Bonus beschränkt. Wenn ihr diese Situation nicht in den Griff bekommt, dann kann ich euch nicht garantieren, daß ihr nächstes Jahr noch einen Job habt!" Er artikulierte diese letzten Worte mit gespieltem Bedauern und leicht drohendem Unterton, schaltete jedoch sofort wieder auf väterliche Töne um, als er fortfuhr. „Ich weiß, daß ihr es nicht leicht habt. Gruppenarbeit wird an den Schulen und Universitäten immer noch zu wenig geübt. Das ist der Grund, weshalb ich euch hierher gebracht habe. Weitab von eurem vertrauten Umfeld und von jedweder Ablenkung werdet ihr an gruppendynamischen Spielen teilnehmen. Ihr werdet lernen, euren Kollegen zu vertrauen. Dadurch wird es euch ermöglicht, euren Bonus zu retten – und euren Job. Ich wünsche guten Appetit." Er nickte seinen Untergebenen mit einem Ausdruck leiser Genugtuung zu und setzte sich.

Falls seine Rede Alines Kollegen ähnlich zugesetzt hatte wie ihr selbst, so war davon nicht das leiseste Anzeichen zu spüren. Um sie herum wirkten alle gelassen, während sie still vor sich hin aßen. Auf ihren Gesichtern malte sich wie üblich Langeweile und Desinteresse. Aline ließ Vincents Rede im Geist Revue passieren. Nichts von alledem hatte authentisch geklungen. Sie war sich ziemlich sicher, daß irgendwer bei AgriBank Vincent seine Stimme geliehen hatte, denn Vincent besaß, soweit sie es beurteilen konnte, überhaupt keine eigene Meinung. Vielleicht war dies der Grund, weshalb es niemandem gelang, eine menschliche Beziehung zu ihm aufzubauen; seine Roboterähnlichen Eigenschaften machten es seiner Umgebung unmöglich, ein vernünftiges Wort mit ihm zu reden. *Aber wer war der faktische Ghost-Writer für Vincents Rede und welches Ziel verfolgte er? War es möglich, zu lernen, seinen Kollegen zu vertrauen, so wie man lernte, mit einer neuen Computer-Software umzugehen?* Aline bezweifelte es. Sie verstand nicht, warum alles so kompliziert sein mußte. Sicherlich waren die Mitarbeiter der Bank doch in der Lage, sich gemeinsam an einen Tisch zu setzen, wann immer dies notwendig war, und ihre Arbeit voranzutreiben, ohne dafür ein Wochenende lang an bizarren Spielen teilzunehmen? Und warum mußten diese Spiele weitab von ihrem vertrauten Umfeld stattfinden, wie Vincent es formuliert hatte, um die gewünschte gruppendynamische Wirkung zu erzielen? Je mehr sie darüber nachdachte, desto weniger gefiel ihr die seltsame Betonung, die er auf die Worte *weitab von eurem vertrauten Umfeld* gelegt hatte. Sie war so in Gedanken versunken, daß ihr die verstohlenen Blicke nicht auffielen, die Vincent ihr vom anderen Tischende her zuwarf, während sie mechanisch Pilze aus ihrem Salat herausfischte.

Die Teilnahmslosigkeit ihrer Kollegen hatte auch eine angenehme Seite: nach dem Abendessen schlug niemand irgendwelche Aktivitäten vor. Aline flüchtete bei der ersten Gelegenheit nach *Dartmoor;* diese ergab sich bereits kurz nach dreiundzwanzig Uhr. Sie mußte zugeben, daß das Zimmer, abgesehen von seinem makaberen Namen und eventuellen Zusammenhang mit Familientragödien, nicht zu verachten war. Es war geräumig, und die Möbel und der Parkettboden mochten abgenutzt sein, waren aber zweifelsohne teuer gewesen. Dies traf ebenso auf die vergilbte Blumentapete an der Wand zu. Und vor allen Dingen war die Matratze des Doppelbetts dick und weich. Der einzige wirkliche Mangel bestand darin, daß die Tür sich nicht komplett schliessen ließ. Aline drehte mehrfach den Türknopf hin und her und versuchte, das Schloß einschnappen zu lassen, aber ihre Mühen waren vergebens. Es war offensichtlich kaputt, und sie beschloß letztendlich, die Tür angelehnt zu lassen. Als sie schließlich ausgestreckt auf dem großen, bequemen Bett lag, sah die Welt schon gleich viel freundlicher aus. Mechanisch streckte sie eine Hand nach ihrem Handy aus, um Jim zu texten, griff jedoch ins Leere. Verwundert tastete sie in ihrer Tasche herum. Das Handy war verschwunden. Da fiel ihr wieder ein, daß es für die Dauer des Wochenendes konfisziert worden war. Allerdings war das nicht weiter tragisch; sie wußte, daß er sich keine Sorgen machen würde, da er davon ausging, daß sie in guter Begleitung war, umgeben von hart arbeitenden und unendlich langweiligen Investment-Bankern. Erschöpft schaltete sie das Licht aus und ging schlafen.

Sie war dabei gewesen, einzuschlummern, als sie plötzlich bemerkte, daß sie nicht allein im Zimmer war. Es blieb ihr keine Zeit, zu reagieren. Sie hörte, wie sich Schritte leise näherten; dann fühlte sie einen Druck auf ihrem linken Bein. Als sie aufsah, blickte sie in ein Paar gelb fluoreszierender Augen.

3 NÄCHTLICHES ABENTEUER

"Hallo, mein Kleines", murmelte Aline sanft und streckte eine Hand aus. Die kleine schwarze Katze, die gerade auf ihr Bett gesprungen war, schnupprte neugierig daran. Sie war noch jung und verspielt. Sie streckte sofort eine Pfote aus, als eine Haarsträhne von Aline nach vorne fiel, während sie sich aufrichtete, um das Tier zu streicheln. Die Katze rieb ihren Kopf an Alines Hand, dann ließ sie sich auf den Rücken fallen und schnurrte. Wenige Minuten später sprang sie auf und verschwand ebenso schnell, wie sie gekommen war. Weitere zwanzig Minuten später schlief Aline tief und fest.

Es war noch dunkel draussen, als sie von einem Geräusch aufgeweckt wurde, das wie ein Stöhnen klang. Sie sah auf ihre Armbanduhr. Es war noch nicht einmal fünf Uhr. Was war das für ein Geräusch gewesen? Sie lauschte angespannt. Da war es wieder, diesmal hielt es länger an und wirkte intensiver als das letzte Mal. Es gab keinen Zweifel: irgendjemand litt an quälenden Schmerzen.

Hastig warf sie eine lange Strickjacke über und trat auf den Flur. Das Stöhnen kam aus einem Badezimmer am Ende des Ganges, das sich mehrere Analysten teilten. Als sie die Badezimmertür öffnete, bot sich ihr ein unerwarteter Anblick. Roger lag mit verzerrtem Gesicht zusammengekauert neben der Toilette, eine Hand auf seinen Magen gepreßt.

„Ist alles okay? Kann ich irgendetwas für Dich tun?" fragte Aline ernsthaft besorgt.

Statt einer Antwort erbrach Roger sich heftig. Aline wußte nicht, was sie als nächstes tun sollte. Unter normalen Umständen hätte sie jetzt einen Krankenwagen gerufen, aber ihr Handy war ja konfisziert worden, und sie bezweifelte, daß ein Krankenwagen in der Nähe stationiert war für den Fall, daß eines Tages auf Moorland Manor eine seltsame Krankheit ausbrechen sollte. Bis sie einen Krankenwagen bestellt hatte, wäre Roger vermutlich entweder von selbst wieder genesen, oder aber jede Hilfe kam zu spät. Ob es wohl einen Medizinschrank im Gebäude gab? Und welches Medikament verabreichte man eigentlich einem Patienten mit schweren gastrointestinalen Symptomen unklarer Ursache? Während sie grübelte, flog die Tür auf und Tom stürzte herein. Als er sah, daß die Toilette bereits besetzt war, sauste er zum Waschbecken, in das er dann sogleich seinen Mageninhalt entleerte. Als sich der Aufruhr im Badezimmer etwas legte, hörte Aline deutlich, daß in einem der Schlafzimmer jemand stöhnte. Bevor sie dazu kam, über den seltsamen Zufall nachzudenken, daß all ihre Kollegen während eines an einem abgelegenen Ort stattfindenden Firmenseminars gleichzeitig krank wurden, trat Julia ins Badezimmer. Ihr Gesichtsausdruck verriet sowohl Erstaunen als auch Bestürzung.

"Was ist denn hier los?" wollte sie wissen. „Geht gerade eine Art sommerliche Magen-Darm-Grippe um?"

Sie schien ebensowenig von der seltsamen Krankheit betroffen zu sein wie Aline selbst.

„Ich habe keine Ahnung, was hier los ist und was ich tun soll." Aline zuckte hilflos mit den Schultern.

„Ehrlich gesagt können wir nicht viel tun. Vielleicht sollten wir bei jedem Puls und Temperatur messen und dann die Flure saubermachen. Die sehen nämlich ziemlich übel aus."

Aline schloß schaudernd die Augen. Sie hatte heimlich gehofft, daß alle, die erkrankt waren, es rechtzeitig in ein Badezimmer geschafft hatten. Julias Nachricht, daß dies offensichtlich nicht der Fall war, behagte ihr gar nicht. Die beiden machten sich schweigend an die Arbeit. Sie hielten ihre Finger abwechselnd auf die Handgelenke und die Stirn ihrer Kollegen. Niemand schien Gefahr zu laufen, ohnmächtig zu werden, und soweit sie es beurteilen konnte, hatte niemand hohes Fieber. Sie überprüften jedes Zimmer auf ihrer eigenen Etage und auf der Etage darüber, bis sie mit allen Analysten gesprochen hatten. Alle waren erkrankt, ohne Ausnahme. Bei einigen Kollegen hatte sich lediglich ein leichtes Unwohlsein eingestellt, während andere an qualvollen Schmerzen litten. Als die beiden Analystinnen zu dem Schluß gekommen waren, daß sie alles in ihrer Macht stehende für ihre kranken Kollegen getan hatten, machten sie überall sauber und gingen zurück auf ihre Zimmer.

Aline sah auf ihre Uhr. Es war kurz nach sechs. Sie beschloß zu versuchen, noch zwei Stunden zu schlafen. Einige Minuten lang lag sie

16

regungslos da und horchte besorgt in sich hinein, für den Fall, daß auch sie sich angesteckt hatte. Fühlte sie nicht bereits die ersten Anzeichen leichter Übelkeit? *Hör auf, Dir Sachen einzureden und schlaf jetzt,* mahnte sie sich selbst. Sie wußte nur zu gut, daß eine leichte Form von Hypochondrie zu ihren Hauptschwächen zählte, und daß sie die Symptome jeder nur erdenklichen Krankheit bei sich feststellen konnte, wenn sie nur lange genug in ihren Körper hinein horchte. Erschöpft schlief sie schließlich ein.

4 ZWISCHEN BAUMKRONE UND ERDE

Beim Frühstück am nächsten Morgen ging es alles andere als fröhlich zu. Es wurde fast nichts gegessen, da es den meisten immer noch relativ schlecht ging oder sie dem Essen nach den Ereignissen der vergangenen Nacht mißtrauten. Selbst Vincent kam zu spät, mit der Begründung, er hätte eine schreckliche Nacht hinter sich. Da er in einem anderen Gebäudeflügel untergebracht war als die Analysten, waren Julia und Aline ihm nicht begegenet, als sie ihre Kollegen verarztet hatten. Leichenblaß fragte er mit schwacher Stimme, ob sonst noch jemand krank gewesen sei. Die meisten der Anwesenden bejahten dies lediglich mit einem kurzen Nicken. Nur Tom fügte streitsüchtig hinzu: „Es sieht so aus, als ob alle krank waren – mit Ausnahme von Aline und Julia." Aline spürte, wie zweiunddreißig Augenpaare sie wie Dolche zu durchbohren schienen.

Den gesundheitlichen Problemen zum Trotz ging die Gruppe bald zur Tagesordnng über. Vincent erklärte draußen im grellen Sonnenlicht die erste gruppendynamische Übung, die auf dem Programm stand. Sinn der Sache war es, das Vertrauen der Analysten untereinander zu stärken, indem sie gemeinsam auf Bäume kletterten.

„Wenn ihr einmal euren Kollegen euer Leben anvertraut habt, dann wißt ihr, daß ihr ihnen auch im Geschäftsleben vertrauen könnt", erklärte er wichtigtuerisch.

Wenn ihr euren Kollegen euer Leben anvertraut habt? Aline war auf einige erniedrigende Szenen mit ihren Kollegen gefaßt gewesen. Sie war nicht auf die Idee gekommen, daß Extremsport unter den Tagesordnungspunkten zu finden sein könnte. Und sie konnte Vincents Logik auch nicht nachvollziehen. *Sicherlich konnte es niemandem daran gelegen sein, eine Klage zu riskieren, indem er einen Konkurrenten von einem Baumwipfel herunterfallen ließ, aber Büropolitik war ein völlig anderes Thema* dachte Aline, wagte es aber nicht, dies laut auszusprechen. Sie hatte nicht die leiseste Ahnung, wie bald sie ihre Theorie würde revidieren müssen, daß ihr niemand auf Moorland Manor ein körperliches Leid zufügen wollte.

Vincent teilte seine Abteilung in Mannschaften ein. Aline mußte gemeinsam mit Tom, Fred, Amanda und Julia auf einen Baum klettern. Diese Zufallsanordnung – wenn es überhaupt Zufall war – lief auf eine Katastrophe hinaus. Diese vier Kollegen waren genau diejenigen, die Aline niemals für irgendein Projekt selbst ausgewählt hätte, am allerwenigsten für jedwede Aktivität, wo sie Hals und Beinbruch riskierte. In ihren Augen war Tom ein fauler und nutzloser Gernegroß, der seinen Minderwertigkeitskomplex hinter einer Selbstgerechtigkeit zu verstecken versuchte, die allen den Atem verschlug. Seine berühmt-berüchtigten selbstherrlichen Ergüsse ödeten die aufrichtige und unabhängige Aline an, und sie hatte keine Ahnung, wie sie mit seiner passiven Aggressivität umgehen sollte. Als blutiger Anfänger, der erst vor kurzem in de komplexe Welt der Aktienanalyse eingetaucht war, tat er sich verständlicherweise schwer, brilliante Studien zu schreiben und sich am Markt zu etablieren. Aline gab ihrem Management die Schuld, das von jedem, der Lesen, Schreiben und Google benutzen konnte, erwartete, daß er über Nacht zu einem voll ausgebildeten Analysten wurde, statt Berufseinsteigern die Möglichkeit zu geben, mit Senior-Analysten zusammenzuarbeiten und so schrittweise in die Analystenrolle hineinzuwachsen. Aber aus irgendeinem Grund gab Tom Aline die alleinige Schuld an seinen Unzulänglichkeiten. Seine Eifersucht auf Aline grenzte an Haß. An seinem ersten Tag im Büro hatte ein freundliches Lächeln auf seinem rundlichen kleinen Gesicht gelegen. Das Lächeln war bald durch ein permanentes Schmollen ersetzt worden, dem man sogar eine gewisse Komik abgewinnen konnte.

Sein bester und, soweit Aline es beurteilen konnte, einziger Freund Fred ergänzte Toms passiven Widerstand sehr effektiv, indem er seine Aggressionen ausgeprochen aktiv auslebte. Obwohl im Analyse-Raum kein Wort über Freds Lippen kam – Aline bezweifelte sogar, daß er je mit Kunden sprach –, war sie schon oft unfreiwillig Zeugin geworden, wie er andere am Kaffeeautomaten gegen ihre Kollegen und das Management aufhetzte. Nicht selten war sein Opfer Tom, der ein schier überwältigendes Bedürfnis zu verspüren schien zu hören, daß die Welt ungerecht und er ein verkanntes Genie sei.

Amanda war noch nerviger als die beiden männlichen Kollegen, soweit dies überhaupt möglich war. Während Fred und Tom sich aufs Philosophieren beschränkten, um ihrer Selbstgerechtigkeit Luft zu machen, entdeckte Amanda einen guten Zweck nach dem anderen und versuchte regelmäßig, die Welt auf möglichst publikumswirksame Weise zu retten. Doch damit nicht genug; sie bestand außerdem darauf, ihre Fortschritte minuziös für ein breites Publikum zu dokumentieren. Aline schauderte beim Gedanken an Amandas jüngste Teilnahme an einem karitativen Marathon, der unter der Überschrift *Corporate Citizen* von Mitarbeitern verschiedenster Firmen ins Leben gerufen worden war und unter anderem von AgriBank gesponsert wurde. Amanda hatte fast täglich e-mails über einen zentralen Verteiler herumgeschickt, in denen sie ihre Trainingsfortschritte kommentiert hatte. Auf diese Weise hatte die gesamte Abteilung regelmäßig ihre irrelevanten und häufig unappetitlichen Anekdoten zu lesen bekommen. Ihr detaillierter Bericht über die Störungen ihres Elektrolythaushaltes, die durch ihre körperliche Erschöpfung hervorgerufen worden waren, hatte die Grenzen des guten Geschmacks jedenfalls bei weitem überschritten.

Und dann war da noch die unergründliche Julia. Zwar gab es nichts Konkretes, was Aline ihr hätte vorwerfen können. Dennoch war Aline zu dem Schluß gekommen, daß Julia schlicht und einfach zu normal war, um echt zu sein. Alles an ihr war professionell, freundlich, praktisch und resolut. Sie beklagte sich nie, und sie predigte auch nie. Stattdessen arbeitete sie still vor sich hin und ließ sich dabei auch von den extravaganten Projekten, die das Management mit schöner Regelmäßigkeit anleierte, nicht ablenken. Kein anderer AgriBank-Mitarbeiter war so normal. *Es mußte sich um eine Fassade handeln,* dachte Aline, *genau wie bei den perfekten Dienstmädchen in den Agatha-Christie-Krimis, die sich regelmäßig als versierte oder sogar international gesuchte Gauner oder Diebe herausstellten.* Allerdings hatte Aline noch keine Theorie entwickelt, was Julia hinter ihrer unschuldigen Fassade denn nun zu vertuschen versuchte.

Aline war alles andere als glücklich darüber, diesen sonnigen Samstag im August mit ihren am wenigsten geliebten Kollegen zu verbringen, statt gemütlich mit Jim an der Themse spazierenzugehen. Doch damit nicht genug; die Spielanleitung, die Vincent laut vorlas, war einfach nur hanebüchen. Als er geendet hatte, diskutierte jede Gruppe, mit welcher Anordnung sie wohl die meisten Mitglieder möglichst nahe an den Baumwipfel heran bringen konnte, da dies das Kriterium war, aufgrund dessen Vincent später den Sieger unter den sechs Teams küren würde. Aline war der Meinung, daß dieser Sportwettbewerb eher zu Streit zwischen versierten Kletterern und ihren unsportlicheren Kollegen führen würde, als daß er half, Vertrauen aufzubauen. Diesen Gedanken behielt sie allerdings wohlweislich für sich.

„Ich denke, wir können uns glücklich schätzen", begann Julia mit einem süffisanten Grinsen, das auf Aline teuflisch wirkte, „daß wir die leichteste, sportlichste und schwindelfreieste Analystin in unserer Gruppe haben."

Aller Augen richteten sich auf Aline, die sich innerlich dafür ohrfeigte, daß sie ihren Kollegen im Detail von ihrem Trapez-Unterricht erzählt hatte. Vor einigen Monaten hatte sie sich während eines Abendessens, das im Rahmen einer Konferenz stattgefunden hatte, auf der Suche nach einem unverfänglichen Thema außerhalb der Arbeit das Hirn zermartert. Damals war es ihr wichtig gewesen, so etwas wie eine menschliche Beziehung zu ihren Kollegen aufzubauen. Ihre Trapez-Stunden waren ihr als erstes eingefallen, und so hatte sie ihr Geheimnis an eine Gruppe von Stubenhockern ausgeplaudert, die offensichtlich noch nie mit einem so exotischen Wesen wie einer Trapezkünstlerin zusammengekommen waren. Sie war selbst schuld, wenn man sie nun zum Versuchskaninchen für dieses verrückte und zweifelsohne gefährliche Unterfangen ernannte.

Zu allem Übel sah der Baum, der Alines Gruppe zugeteilt worden war, besonders besorgniserregend aus. Selbst die niedrigsten Äste befanden sich so weit oben, daß die Analysten eine menschliche Leiter formen mußten, um an sie heranzukommen. Zum Glück verlief der erste Teil der Unternehmung ereignislos. Fred, der Größte in der Gruppe, half seinen Kollegen dabei, auf den Baum hinaufzukommen. Danach zogen die anderen ihn gemeinsam hoch. Weiter nach oben zu klettern gestaltete sich allerdings deutlich schwieriger. Die spärlichen Äste lagen relativ weit auseinander und wurden nahe der Baumkrone beunruhigend dünn. Die Gruppe beriet sich und beschloß dann, daß Julia und Amanda im unteren Teil des Baumes bleiben würden, während es den Männern aufgrund ihrer Körpergröße leichter fallen würde, auf den weit auseinanderliegenden, aber stellenweise relativ starken Ästen zumindest ein Stück weit nach oben zu klettern. Julia schlug vor, daß Aline daraufhin bis ganz an die Spitze klettern sollte, da sie mit Abstand die Leichteste unter den unfreiwilligen Athleten war. Dabei sollten ihr die Männer helfen, die dann bereits sicher in ihren jeweiligen Stellungen in der oberen Baumhälfte verankert wären. Aline sah den anderen dabei zu, wie sie unter großer Anstrengung zu ihren festgelegten Postionen kraxelten. Sie wurde den Verdacht nicht los, daß ein weiterer Grund dafür, daß sie für den gefährlichsten Teil des Unterfangens ausgewählt worden war, darin lag, daß ihre Kollegen ihrer Gesundheit und Unversehrtheit keine große Bedeutung zumassen.

Schliesslich war Aline an der Reihe. Sie erreichte die Stelle, wo Fred stand, relativ leicht, war aber viel zu klein, um zu den Ästen weiter oben zu kommen, wo Tom sich befand. Es gab nur eine Möglichkeit, bis an die Baumspitze zu gelangen. Sie mußte ihre Füße in Freds Hände legen, und Fred mußte daraufhin seine Arme hoch über seinem Kopf ausstrecken, während er sich mit seinen Knien am Baum festklammerte. Dann wäre er in der Lage, sie mit einem leichten Schubs in Toms Richtung zu werfen. Tom, der ebenfalls nur mit seinen Füßen und Knien im Baum verankert war, sollte seine Hände ausstrecken, um Aline aufzufangen. Gelinde ausgedrückt war es ein riskantes Unterfangen, und im Gegensatz zu den Trainingsbedingungen bei ihrem Trapezunterricht war Moorland Manor nicht mit Sicherheitsnetzen ausgestattet. Fred zitterte auf eine ausgesprochen beunruhigende Art und Weise als die unfreiwillige Akrobatin Aline auf seine Schultern kletterte, hielt das Gleichgewicht aber erstaunlich gut, als sie ihre Füße auf seine Hände setzte und er sie hoch über seinen Kopf hinaushob.

"Hast Du sie?" rief Tom Fred zu.

„Ja, kein Problem. Sie ist so leicht, daß ich sie mit einer Hand halten könnte", prahlte Fred. Sein keuchender Atem strafte ihn Lügen.

Aline war der Ansicht, daß ihre Situation bereits haarig genug war. Sie war gewiss nicht zu dummen Scherzen aufgelegt. „Es wäre mir lieber, Du würdest mich mit beiden Händen festhalten", grummelte sie. Mitten in der Luft zu sprechen, wo niemand sie hören konnte, war ein Fehler, der ihr auch in ihrem Trapezkurs regelmäßig unterlief und den sie bei dieser Gelegenheit bereuen sollte.

„Was hast Du gesagt?" fragte Tom und lehnte sich nach vorne. Dabei veränderte er leicht die Position seiner ausgestreckten Hände just in dem Moment, als Fred Aline in seine Richtung schubste. Als sie versuchte, nach Toms Händen zu greifen, fasste sie ins Leere. Für einen Sekunden-Bruchteil hing sie in der Luft, während der Boden schnell auf sie zu kam. In der letzten Sekunde und mit einer Geistesgegenwart, die Aline ihrem affenartigen Nahrungsmitteleinzelhandels-Kollegen nie zugetraut hätte, gelang es Fred, ihre Füße zu schnappen, wobei er beinahe selbst vom Baum gestürzt wäre. Aline hing nun mit dem Kopf nach unten in Freds Griff, ähnlich wie ein Bungee Jumper.

Sie betastete die niedrigeren Äste und sobald sie einen davon fest zu fassen bekommen und getestet hatte, ob er halten würde, rief sie „Danke, Fred, Du kannst meine Füße jetzt loslassen."

„Bist Du sicher?" entgegnete Fred. „Ich kann Dich problemlos wieder hochziehen", bot er hilfsbereit an, „dann mußt Du nicht wieder ganz von vorne anfangen."

„Natürlich bin ich sicher!" bellte Aline entnervt. „Ich werde heute auf keinen Baum mehr klettern."

Tatsächlich hatte sie nur noch den einen Wunsch, wieder festen Boden unter ihren Füßen zu haben. Vom Klettern hatte sie vorerst genug. Sie beschloß, für die Dauer ihres Aufenthalts auf Moorland Manor und eventuell sogar für den Rest ihres Lebens keine Bäume mehr zu besteigen. Ihr war klar, daß sie den anderen in ihrer Gruppe den Spaß verdarb, indem sie sich jetzt auf den Weg nach unten machte. Ihr Team war atemberaubend nahe am Sieg beim allerersten gruppendynamischen Spiel des Wochenendes vorbeigeschrammt; Aline war für den Bruchteil eines Augenblicks kaum mehr als einen Meter vom Baumwipfel entfernt gewesen. Nun würden sie zweifelsohne verlieren, da ihre Trapezkünstlerin keinerlei endgültige Stellung im Baum für sich beanspruchen konnte. Ungeachtet der wütenden Blicke der anderen war Aline der felsenfesten Überzeugung, daß ihre Gesundheit und vor allem ihre Überlebenschancen vorrangig sein mußten, als sie endlich wieder den Boden erreichte und auf ihre Füße sprang.

5 DER ANONYME BRIEF

Aline und ihren Kollegen wurde vor Beginn des Nachmittags-Programms eine kurze Pause gegönnt, und so schleppte sie sich dankbar und etwas matt zu ihrem Zimmer. Sie hatte ihr Mittagessen kaum angerührt, was teilweise darauf zurückzuführen war, daß sie dem Essen auf Moorland Manor noch immer mißtraute und teilweise darauf, daß ihr der Schreck von ihrem Abenteuer im Baumwipfel immer noch in den Knochen gesteckt hatte. Nun war sie kurz vorm Verhungern und griff in ihren Koffer, um ihre Schokoladenvorräte anzubrechen. Sie griff ins Leere. Fluchend erinnerte sie sich, daß sie die Schokolade beim Packen wieder herausgenommen hatte, als Jim glühende Hitze für das Wochenende vorausgesagt hatte (womit er recht behalten hatte) und ihr versichert hatte, daß AgriBank ein tadelloses Essen servieren würde (wobei er sich komplett geirrt hatte!). Warum hatte sie nicht wenigstens ein paar Müsliriegel oder Knäckebrot mitgenommen? Diese Nahrungsmittel wären auch bei großer Hitze nicht geschmolzen.

So war sie von Hunger geschwächt, als sie sich auf den Weg in die Bibliothek machte, wo die nächsten gruppendynamischen Übungen stattfinden sollten. Die Bibliothk wirkte sehr alt und pompös. Die Regale reichten bis unter die Decke und waren mit altmodischen und abgenutzten Büchern überladen. Die üppigen Verzierungen und die Totenstille, die auf die dicken Teppiche und schweren, staubigen Vorhänge zurückzuführen war, flößten dem Betrachter so viel Ehrfurcht ein, daß es erdrückend wirkte. Kaum hatte Aline die Bibliothek betreteten, verspürte sie bereits Sehnsucht nach der Außenwelt mit ihrer grellen Sonne, ihren bunten Blumen und zwitschernden Vögeln. Was mochte Vincent in diesem Mausoleum wohl für Pläne für seine Untergebenen haben?

Zu ihrerer Erleichterung bat ihr Vorgesetzter die Anwesenden, sich zu setzen. So bestand wenigstens kein Risiko, daß sie ihre Energievorräte mit

Rennen, Springen oder weiteren Klettertouren komplett aufbrauchen würde. Es dauerte dennoch nicht lange, bis ihr klar wurde, daß die Abteilung Aktien-Analyse der AgriBank vom Regen in die Traufe gekommen war. Nachdem er am Vormittag die Gesundheit seiner Mitarbeiter aufs Spiel gesetzt hatte, legte er es nun darauf an, ihr Ego zu verletzen. Offensichtlich konnten sie ihm nichts Recht machen.

„Ich sag es euch ganz ehrlich" eröffnete er wie üblich seine Rede. „Unsere Resultate in den letzten Kundenumfragen waren unter aller Kanone." Daraufhin legte er eine Kunstpause ein und ließ seinen Blick provokant von einem Analysten zum anderen wandern.

Julia ging auf seine Bemerkung ein. „Ich dachte, wir hätten beschlossen, Verkaufszahlen stärker zu gewichten als Kundenumfragen, zumindest so lange, bis die Kunden-Service-Abteilung voll funktionsfähig ist und wir in der Lage sind, repräsentative Kundenumfragen durchzuführen?" warf sie stirnrunzelnd ein. Sie hatte Recht. Aline erinnerte sich noch genau an die Präsentation, die Vincent vor kurzem zu diesem Thema gehalten hatte, und an ihre eigene Ungläubigkeit angesichts der offenbar völlig entgleisten internen Prozesse ihres Arbeitgebers. Wie hatten sie die Leistung der Abteilung jemals an Kundenumfragen festmachen können, wenn sie doch gar nicht in der Lage waren, verläßliche Umfragen durchzuführen und andererseits erheblich relevantere Daten wie zum Beispiel die Verkaufszahlen zur Verfügung standen?

Vincent starrte Julia verdutzt an, so wie ein Regisseur eine Schauspielerin ansehen mochte, die sich nicht ans Drehbuch hielt. Offensichtlich hatte er nicht mit Widerstand gerechnet. Ihm fiel keine gute Antwort auf Julias Frage ein, und nach kurzer Überlegung tat er schließlich so, als habe er ihren Einwand überhört. Er entschied sich, ihn stattdessen im Rahmen seiner nächsten Aussage implizit zu adressieren.

„Wann immer ich einen wichtigen Kunden frage, ob er euch zu den Besten am Markt zählt, lautet die Antwort ‚nein'. Ich höre euch fast nie am Telefon mit den Kunden sprechen. Ihr hebt keine Synergien mit euren Kollegen. Wie viele von euch haben gemeinsam mit einem anderen AgriBank-Team eine sektorübergreifende Studie geschrieben? Ihr steht einfach nie gut da, ganz egal, nach welchen Kriterien ich euch beurteile." Er sah sich triumphierend im Raum um. Julia war still; anscheinend hatte sie nach dieser verdrehten und daher unwiderlegbaren Logik aufgegeben. Der offensichtliche Wunsch ihres *Sektorübergreifenden Koordinators,* bei allem, was seine Untergebenen taten oder sein ließen, das Haar in der Suppe zu finden, dämpfte selbst Alines natürliche Widerspenstigkeit. Sie konnte sich des Eindrucks nicht erwehren, daß seine Rede nicht seine eigene Meinung widerspiegelte und er nur eine Marionette für jemanden war, der in der Hierarchie der AgriBank über ihm angesiedelt war. Falls sie mit dieser Vermutung Recht hatte, war Widerstand ohnehin zwecklos. Wenn sie doch nur einmal bei einer Vorstandssitzung der AgriBank Mäuschen spielen könnte, um sich ein eigenes Bild von der Lage zu machen und herauszufinden, was Sache war!

Vincent schimpfte noch eine Weile auf ähnliche Art weiter, bis er beschloß, daß er seine Untergebenen nun genug gedemütigt hatte und mit der Tagesordnung fortfahren konnte. Schließlich schrieb er das Wort „Team-Arbeit" auf ein riesiges Blatt Papier, das er notdürftig an einem Bücherregal befestigt hatte.

„Wir werden jetzt darüber diskutieren, was Arbeit im Team für euch bedeutet. Aline, bitte." Mit einer Geste deutete er an, daß sie an der Reihe war. Nach allem, was sie am Morgen bei der Baumbesteigung durchgemacht hatte, war Aline nicht gütig genug gestimmt, um sich die Art blumige Antwort aus den Fingern zu saugen, die Vincent von ihr erwartete.

„Nun ja", begann sie deshalb mit einem leichten Anflug von Sarkasmus in der Stimme. „Es scheint aus zwei Wörtern zu bestehen: Team und Arbeit. Die beiden Begriffe sind wohl untrennbar miteinander verknüpft. Folglich ist Teamarbeit nur dann möglich, wenn jeder zu arbeiten bereit ist. Und natürlich ist es auch unabdingbar, daß alle Team-Mitglieder im gleichen Geschäftsfeld tätig sind und ein gemeinsames Ziel haben. Zum Beispiel kann es meiner Ansicht nach viel sinnvoller sein, einen Kollegen aus einem anderen Sektor einem gemeinsamen Kunden vorzustellen, als irgendwelche gemeinsamen Analyseberichte zu erzwingen, die sich an ein nicht-existentes Publikum wenden, oder gemeinsam Hals- und Beinbruch beim Baumklettern zu riskieren. Und eines sollten wir nicht außer Acht lassen: wenn jeder seine eigene Arbeit gut erledigt, generiert AgriBank Umsätze, womit wiederum die Wahrscheinlichkeit steigt, daß die Team-Kollegen im kommenden Jahr noch einen Job haben."

Eine gewisse Diskussionsmüdigkeit schien von Vincent Besitz ergriffen zu haben. Er unterließ es tunlichst, auch nur einen Bruchteil von Alines Antwort auf seinen riesigen improvisierten Notizblock zu schreiben und hob als Reaktion auf ihren aggressiven und stellenweise feindseligen Kommentar lediglich seine Augenbrauen. Danach signalisierte er Tom, daß der nun an der Reihe sei, diesen magischen Begriff der Team-Arbeit nun in seinem Kern zu erfassen. Tom beherrschte die hohe Kunst des scheinheiligen Firmen-Psycho-Geschwafels ausgesprochen gut und genoß die Gelegenheit, eine seiner endlosen Moralpredigten zu halten, zumal ihm seine Erzfeindin Aline alle Möglichkeiten offen gelassen hatte, eine deutlich bessere Antwort zu geben.

„Für mich bedeutet Team-Arbeit vor allem Zusammenarbeit, Vertrauen und gegenseitige Achtung", begann er mit der für ihn typischen hochmütigen, großspurigen und selbstgerechten Art, die Aline jedesmal wieder auf die Palme brachte. „Einer meiner guten Freunde aus Universitätstagen hatte die Ehre und das große Vergnügen, eine der führenden Wirtschaftsgrößen unserer Zeit persönlich kennenzulernen. Seine Beschreibung des großen Mannes lautete: *Er ist einfach ein guter Mensch.*" *Wie um alles in der Welt erfand Tom immer neue Sprüche, die er in sein endloses Gelaber einbaute?* fragte sich Aline. Boten die Universitäten heutzutage etwa Kurse an mit Titeln wie *Kommunikationstraining für Verlierer: Wie Sie Ihren Zuhörern so lange auf die Nerven gehen, bis man Sie in Ruhe läßt?* Sie hielt sich für außergewöhnlich kreativ; dennoch wäre sie nicht in der Lage gewesen, sich derart glatte und inhaltsleere Floskeln auszudenken.

Derweil fuhr Tom, ungeachtet der gelangweilten, erstaunten und wütenden Blicke, die ihm einige seiner Kollegen zuwarfen, in seinen Ergüssen fort. „Es ist bemerkenswert, daß Menschen, die eine herausgehobene gesellschaftliche Stellung einnehmen, wie zum Beispiel Vorstandsmitglieder großer Konzerne oder hochrangige Politiker, sehr menschlich und umgänglich sind."

Aline unterdrückte einen Würgereiz und ließ ihre Gedanken schweifen. Während Tom seine schier endlose pseudo-inspirierende Rede hielt, strukturierte sie im Geiste ihren nächsten Analysebericht. Der Titel des Projekts lautete *Kettenreaktion* und der Inhalt bestand in einer detaillierten Untersuchung der Auswirkungen, die die Pleite einer Großbank auf das gesamte Finanzsystem haben würde. Sie hatte sich das Ziel gesetzt, eine sorgfältige Einschätzung des Ansteckungsrisikos jeder einzelnen Bank vorzunehmen. Sie hatte die Studie einige Wochen zuvor begonnen und hatte sich mit großer Begeisterung daran gemacht, das Thema zu recherchieren. Allerdings hatte sich sehr bald herausgestellt, daß unter den meisten Szenarien ihr eigener Arbeitgeber zahlungsunfähig würde – in anderen Worten, ihre eigenen AgriBank-Nachzugsaktien würden über Nacht wertlos. Dieses vorläufige Ergebnis hatte dazu geführt, daß ihr anfänglicher Enthusiasmus für das Projekt geschwunden war. Schließlich hatte sie beschlossen, die Studie für eine Weile auf Eis zu legen und sich zwischenzeitlich erbaulicheren Themen zu widmen.

Nach einer Reihe von weiteren Kommentaren zum Thema Team-Arbeit, die genügend Material für Generationen von Psychotherapeuten geliefert hätten, schlug Vincent ein weiteres Spiel vor. Es hieß *Eigen- versus Fremdwahrnehmung* und zielte darauf ab, die Selbsterkenntnis der Mitarbeiter durch Vergleiche zwischen ihrer Selbsteinschätzung und den Ansichten ihrer Kollegen zu fördern.

„Die Spielregeln lauten wie folgt. Ihr schreibt ein paar Zeilen an einen beliebigen Kollegen, in denen er ihm mitteilt, wie er auf euch wirkt. Ihr könnt die Notiz unterschreiben oder auch nicht, wie es euch lieber ist. Dann faltet ihr das Blatt, schreibt den Namen des Empfängers auf die Rückseite und steckt es in eine Tasche, die ich in Kürze herumreichen werde. Ihr könnt auf diese Art und Weise an beliebig viele Kollegen Post verschicken. Dann spiele ich Postbote und gebe jeden Brief bei seinem Empfänger ab. Ihr bekommt ein paar Minuten Zeit, um über die Nachrichten, die ihr erhalten habt, nachzudenken, und dann teilt ihr der Runde mit, inwieweit sich die Nachrichten mit eurer Selbsteinschätzung decken oder auch nicht und welche Auswirkungen sie auf euer Selbstbild und euer Verhalten haben", erklärte Vincent. „Gibt es Fragen?"

Niemand hatte eine Frage. Vincent verteilte Schreibblocks und fast jeder kritzelte sofort munter drauflos. Aline war die einzige Ausnahme; sie starrte das weiße Blatt vor sich an, als warte sie darauf, daß auf wundersame Weise Wörter erschienen. Zu ihren Grundschulzeiten waren Spielchen, bei denen man einen Zettel durch die Reihen reichen ließ, sobald der Lehrer seinen Rücken kehrte, in Mode gewesen; sie hatte sich damals standhaft geweigert teilzunehmen. Und jetzt hatte sie ihren Kollegen nichts zu sagen. Es war sinnlos, ihnen mitzuteilen, daß sie die langweiligsten und uninteressantesten Menschen waren, die sie je getroffen hatte. Sie interessierte sich nicht einmal genügend für Ihre Kollegen, um diese unerwartete Gelegenheit beim Schopf zu packen, sie aufzuziehen. Plötzlich fiel ihr auf, daß ihre Untätigkeit ungewollte Aufmerksamkeit erregte. Hastig beugte sie sich über ihren Block und kritzelte *Es gibt nichts, was ich sagen möchte,* dann faltete sie das Blatt und schrieb *An alle und niemanden* als Adresse darauf. Sie hielt ihre Hand über die Schrift, bis sie eine Gelegenheit bekam, den Zettel in Vincents Tasche fallen zu lassen.

Umständlich sortierte Vincent vor den Augen seiner Abteilung die ‚Post'. Er schien zu glauben, daß die Spannung durch seine bewußt langsame Vorgehensweise stieg. Er brauchte auch sehr lange, um die Briefe zu verteilen. Aline war bereits zu Tode gelangweilt, als er der Gruppe endlich die Erlaubnis gab, die Post zu öffnen und die Kommentare zu lesen. Aline hatte zwei Nachrichten erhalten. Sie erkannte die krakelige Handschrift auf dem ersten Brief auf Anhieb: sie gehörte fraglos Julia. Sie faltete den Zettel auseinander. Darauf stand „Hallo Aline, Du bist der einzige normale Mensch in diesem Raum. Lass uns Kaffeetrinken gehen, wenn wir wieder in London sind. Viele Grüße, Julia." Aline hatte nicht die leiseste Ahnung, von wessen Hand die zweite Botschaft stammte. Sie war nicht unterschrieben und bestand aus den Worten: „Du bist arrogant, bösartig und grausam. Wenn Du glaubst, Du könntest mit mir Katz und Maus spielen, dann wirst Du bald erfahren, wer von uns beiden die Katze und wer die Maus ist."

Während des weiteren Verlaufs nahm Aline am Rande wahr, daß Vincent in Richtung Amanda gestikulierte, die die Chance wahrnahm, tiefe Dankbarkeit für dieses gruppendynamische Spiel auszudrücken, das ihr angeblich die Augen geöffnet hatte. Während die kleine Heilige munter weiter schwatzte, saß Aline wie vom Donner gerührt da und versuchte, den Verfasser des Drohbriefs festzustellen, den sie gerade erhalten hatte. Es war nicht weiter verwunderlich, daß der Brief keine Unterschrift trug. Selbst ihre scheinheiligsten Kollegen konnten sich kaum vormachen, daß diese bitterböse

Botschaft lediglich ein gutgemeinter Ratschlag unter wohlmeinenden Kollegen war. Und was hatte Julia dazu veranlaßt, die Botschaft zu verfassen, die sie an Aline geschickt hatte? Hatte sie etwa finstere Pläne, von denen sie ihre scharfsinnige Kollegin ablenken wollte, indem sie ihr freundschaftliche Absichten vorgaukelte? Aline war erleichtert, als es Zeit für die Kaffeepause war, bevor sie an der Reihe war, sich zu den Nachrichten zu äußern, die sie erhalten hatte. Sie sah sich außerstande, auch nur eine der Botschaften irgendwie zu kommentieren.

Als sie nach der Kaffeepause zur Bibliothek zurückkehrten, blieb Julias Platz leer. Zunächst war Aline erleichtert darüber, daß jemand die Aufmerksamkeit von ihrer eigenen chronischen Verspätung ablenkte. Als jedoch zwanzig Minuten ohne eine Spur von der Öl-Analystin vergangen waren, begann sie, sich Sorgen zu machen. Nach einer Weiler nahm sie ihren Mut zusammen und fragte:

„Weiß jemand, wo Julia abgeblieben ist?"

Jeder im Raum verstummte, wie immer, wenn jemand in Vincents Gegenwart eine Frage stellte. Dieses Phänomen hatte Aline jedes Mal wieder fasziniert. Möglicherweise war es auf Vincents häufige Wutausbrüche nach völlig harmlosen und ehrlich gemeinten Fragen zurückzuführen. Interessanterweise stellte in der Regel Julia die Fragen, die diese Reaktionen hervorriefen. Von Alines Frage schien er sich ebenfalls auf den Schlips getreten zu fühlen. Er bedachte sie mit einem harten und eisigen Blick.

„Darüber mußt Du Dir keine Gedanken machen" gab er frostig zurück. Seinem Ton war zu entnehmen, daß das Thema damit für ihn beendet war.

Alines Herz begann zu klopfen. Sie hatte den Verdacht gehegt, daß Julia etwas im Schilde führte. Aber nach Vincents kurzangebundener Erwiderung machte sie sich vielmehr Sorgen, daß Julia etwas Schlimmes zugestoßen war. Zu Alines unverhohlener Freude war die Diskussion zum Thema *Eigen- versus Fremdwahrnehmung* bald beendet, und die Gruppe sinnierte stattdessen über Vertrauen und Respekt im allgemeinen. Vincent verbrachte den Rest des Nachmittags damit, sich über Teamgeist und vereinte Kräfte und enge Zusammenarbeit im Rahmen des Fünf-Jahres-Planes für seine Analyse-Abteilung auszulassen. Alines Kollegen sahen ihm unbeweglich und mit ausdruckslosen Gesichtern zu. Sie selbst hatte Schwierigkeiten, sich auf seinen Monolog zu konzentrieren. Immer wieder schweiften ihre Gedanken zu Julia. So sehr sie auch versuchte, sich einzureden, daß die resolute junge Deutsche in jeder Lebenslage klarkam, mußte sie sich doch eingestehen, daß ihr angesichts Vincents kühler Warnung, sich aus Julias Angelegenheiten herauszuhalten, Schauer über den Rücken liefen.

Nach einer Weile konnte sie sich nicht mehr beherrschen. Sie mußte einfach wissen, was geschehen war. Als sie aufstand und auf die Tür zuging, warf Vincent ihr einen forschenden Blick zu, versuchte jedoch nicht, sie aufzuhalten. Aline verließ das Gebäude und setzte sich auf eines der niedrigen Steinmäuerchen, die das Grundstück teilweise säumten, um sich einen Schlachtplan zurechtzulegen. Sie war von der grellen Sonne geblendet, und die Hitze ließ alles unwirklich erscheinen. Die stickige Bibliothek, wo ihre Kollegen gerade belehrt wurden, erschien ihr nun weit weg. Sie blickte zurück zum weitläufigen Herrenhaus. In der extremen Helligkeit dieses brütend heißen Sommertags schien es unnatürlich still da zu liegen, und der Kontrast ließ es noch dunkler und düsterer erscheinen. Es erfüllte Aline mit einer dunklen Ahnung. Wie viele Verstecke mochte es in diesem imposanten Gebäude wohl geben? War Julia irgendwo im Haus versteckt? Oder hatte man sie in einer Nacht- und-Nebel-Aktion bereits weggebracht?

Ungeduldig schüttelte Aline ihren Kopf, so als wolle sie diese dunklen Gedanken abschütteln. Sie mußte einen kühlen Kopf bewahren, wenn sie Julia helfen wollte. Sie entschied sich, im Zimmer ihrer Kollegin mit der Suche zu beginnen. Vielleicht hatte sie ja Glück und Julia hatte sich lediglich mit starken Kopfschmerzen hingelegt. Sie wußte jedoch instinktiv, daß diese Erklärung nicht zutraf, so plausibel sie auch klingen mochte. Darüber hinaus wurde die Durchführbarkeit ihres Planes dadurch eingeschränkt, daß sie nicht wußte, wer in welchem Zimmer untergebracht war. Daher hatte sie keine andere Wahl, als jedes Zimmer im Südflügel, wo de Analysten untergebracht waren, einzeln zu untersuchen. Ihr Respekt vor ihren Kollegen sank im Rahmen dieses Unterfangens noch tiefer, soweit das überhaupt möglich war. Sie fand mehr pornographische Zeitschriften und Selbsthilfe-Bücher der jämmerlichsten Art als sie sich je hätte erträumen lassen. Es war eine Sache, wenn jemand solche Lektüre kaufte und bei sich zuhause verstaute, um sie dann heimlich in der Privatsphäre seines eigenen Schlafzimmers zu lesen. Aber wer um alles in der Welt kam auf die Idee, so etwas zu einer Firmenveranstaltung mitzunehmen? Auch wenn durch ihre Suche so allerlei ans Licht kam, so kam sie doch ihrem eigentlichen Ziel keinen Schritt näher. Von Julia fand sich im Südflügel weit und breit keine Spur.

Aline ging zu ihrem eigenen Zimmer zurück und setzte sich auf ihr Bett, um nachzudenken. Was sollte sie als nächstes tun? Methodisch machte sie sich daran, den Ostflügel zu inspizieren. Dort erwartete sie ein Schock. Die schmutzigen Wände waren offenbar seit Jahrzenten nicht mehr neu tapeziert worden. In den meisten Räumen war das spärliche Mobiliar kaputt und wurmstichig. Sehr viele Bretter im Parkettboden waren so zersplittert, daß sie eine Gefahr darstellten. In einem Zimmer fand sie sogar ein großes Loch im Boden. Ein Schatten huschte an ihr vorbei und verschwand im Loch; sie war ziemlich sicher, daß es eine Ratte gewesen war. Sie begann, die Armut der Worthingtons in ihrem vollen Ausmaß zu verstehen. Gleichzeitig wurde ihr klar, warum ihre komplette Abteilung im Südflügel untergebracht war. All dies war aus gesellschaftspolitischer Sicht sicherlich hochinteressant; leider führte es sie kein Stück näher an ihr Ziel heran, Julia zu finden.

Sie betrat den Westflügel mit einem wachsenden Gefühl, daß alles umsonst war. Vielleicht sollte sie aufgeben und zur Bibliothek zurück-kehren, wo ihre Kollegen sich vermutlich fragten, wo sie abgeblieben war. Vielleicht war ja inzwischen sogar Julia zur Gruppe zurückgekehrt. Möglicherwise hatte sie schlicht und einfach die Kaffeepause nutzen wollen, um kurz etwas zu erledigen, und aus irgendeinem Grund hatte sich ihre Rückkehr verzögert. Tief in ihrem Inneren war sich Aline darüber im klaren, daß sie ledglich versuchte, sich ein Märchen zurechtzulegen, wo alle glücklich bis ans Ende ihrer Tage lebten. Sie wußte ganz genau, daß es an diesem abgelegenen Ort keine Besorgungen gab, die Julia schnell einmal hätte erledigen können.

Sie wurde von einem vetrauten Geräusch, das sie jedoch nicht ganz einordnen konnte, aus ihren Gedanken gerissen. Es handelte sich um eine Art Klick oder ein leises Klopfen. Sie hielt den Atem an und lauschte, in der Hoffnung, das Geräusch noch einmal zu vernehmen. Doch es blieb still. Nach einer Weile wurden ihr die Stille und die Dunkelheit des Flurs unerträglich. Hatte sie sich das Klicken nur eingebildet? Und falls nicht, was konnte es sein? In diesem Augenblick vernahm sie das Geräusch wieder, diesmal viel stärker als zuvor. Es war nun kein einzelnes, schüchternes Klicken mehr, sondern eine regelrechte Lawine. Es erinnerte ein wenig an einen Buntspecht, der auf einen Baum einhackte. Allerdings kam es aus dem Gebäude, dessen war sich Aline sicher. Kein Laut hätte die dicken Mauern von außen mit solcher Intensität durchdringen können.

Da war es wieder. Diesmal kamen die Klicks langsamer und klangen weniger aggressiv als zuvor. Aline vermutete ihren Ursprung in einem Raum am Ende des langen Flurs und bewegte sich mit langsamen Schritten darauf zu. Das Geräusch wurde zunehmend lauter und bestätigte somit ihre Theorie. Je mehr sie sich aufs Ende des Korridors zubewegte, um so mehr wuchs ihre Überzeugung, daß das Geräusch aus dem Eckzimmer am Ende des Westflügels kam. Sie schlich sich auf Zehenspitzen an das besagte Zimmer heran und lauschte. Es gab nun keinen Zweifel mehr. Das Klicken, das in Wellen kam und dann wieder abebbte, kam aus diesem Zimmer. Das Herz schien ihr im Halse zu stecken, als sie an die Tür klopfte. „Hallo?" krächzte sie und nahm erstaunt zur Kenntnis, daß sie ledglich zu einem Krächzen in der Lage war. Sie hatte ihrer Stimme einen vollen und entschlossenen Klang geben wollen. Sie bekam keine Antwort. Mit zitternder Hand drückte sie auf den Türknauf. Der Raum war nicht abgeschlossen. Sie öffnete die Tür und trat ein.

6 EIN GRAUSIGER FUND

"Hier steckst Du also!" rief Aline. In ihrer Stimme schwangen sowohl Erleichterung als auch Ungläubigkeit mit. Julia saß hinter einem majestätischen Mahagoni-Schreibtisch in der Nähe eines Fensters im sonnendurchfluteten Eckzimmer und tippte fleißig auf einem Laptop. Sie hatte Aline offensichtlich nicht kommen hören. Erstaunt sah sie auf.

„Gibt es irgendwelche Probleme?" fragte sie. "Ist Vincent auf der Suche nach mir?"

„Ist alles okay bei Dir?" stammelte Aline unnötigerweise anstatt einer Antwort.

„Ja, mir geht's gut. Ich mußte mir nur eine ruhige Ecke suchen, wo ich meine Unternehmensstudie schreiben konnte, die bald zum Druck muß, wenn sie rechtzeitig für die Roadshow draußen sein soll, die wir letzte Woche gewonnen haben", erklärte Julia entschuldigend, während sie auf ihre Uhr sah. „Oh weh, es ist schon ganz schön spät!" fügte sie hinzu. "Wir sollten uns lieber auf die Socken machen, sonst ist vom Abendessen nichts mehr übrig, wenn wir zurückkommen."

Während sie den langen Gang entlang liefen und dann eine Wendeltreppe hinunterstiegen, kam sich Aline recht albern vor. Aber Frust und ein ungutes Gefühl gewannen bald die Oberhand über ihre Verlegenheit. Wenn alles so einfach war und Vincent Julia lediglich die Erlaubnis gegeben hatte, eine der Sitzungen zur Gruppendynamik auszulassen, um dringende Arbeiten zu erledigen, weshalb hatte er sich dann so schwer getan, Alines Frage nach Julias Verbleib zu beantworten? Soweit sie es beurteilen konnte, ging es Julia gut und sie war in Sicherheit. Dennoch konnte Aline das Gefühl drohenden Unheils nicht abschütteln. Sie war nie für Eindrücke empfänglich gewesen, bis zu dem Tag, an dem sie die Schwelle dieses düsteren Herrenhauses überschritten hatte und sogleich in den Bann seiner

31

bedrohlichen Atmosphäre gezogen worden war. An jenem Abend lag sie noch stundenlang wach und ging im Geiste immer wieder die sonderbaren Ereignisse durch, die auf Moorland Manor stattgefunden hatten. Es war nach drei Uhr in der Frühe als sie schließlich in einen unruhigen Schlaf fiel.

Am Sonntagmorgen schreckte Aline aus dem Schlaf hoch. Sie blinzelte angesichts des Sonnenlichts, das durch ihr nach Südosten gerichtetes Fenster einströmte. Laut ihrer Armbanduhr war es acht Uhr fünfzehn, was bedeutete, daß sie verschlafen hatte. Sie war kein Frühaufsteher und hatte auch keinen Wecker mitgebracht, da sie davon ausgegangen war, daß sie die Weckfunktion ihres Handys oder Blackberrys benutzen konnte. Jetzt wußte sie, daß sie sich beeilen mußte, wenn sie nicht zu spät zum Frühstück erscheinen wollte. Letzteres war für acht Uhr dreißig angesetzt worden.

Sie schwang ihre Beine über die Bettkante, sprang auf die Füße – und stieß unwillkürlich einen Schrei aus. Sie war mit ihrem linken Fuß in etwas Nasses und Wabbeliges getreten. Zu ihrem Entsetzen sah sie, daß es sich dabei um die sterblichen Überreste einer Maus handelte, die irgendjemand während der Nacht neben ihr Bett gelegt hatte. Sie war sicher, daß die Maus dort noch nicht gelegen hatte, als sie am Abend zuvor das Licht ausgeschaltet hatte. Das Tier war auf jämmerliche Art entstellt. Aline war sich nicht sicher, inwieweit die Verletzungen auf einen brutalen Killer zurückzuführen waren und inwieweit sie selbst dazu beigetragen hatte, als sie versehentlich draufgetreten war. Sie spürte kalte Wut in sich aufsteigen. Sie hielt nicht viel von Streichen, und sie brachte keinerlei Verständnis dafür auf, daß jemand bewußt einem Tier etwas zuleide tat. Sie schwor, den Schuldigen oder die Schuldige zu finden und für diesen kindischen Racheakt zur Verantwortung zu ziehen.

Eilig entsorgte sie die Maus, machte ihren Fuß sauber, wusch sich das Gesicht und warf sich achtlos ein paar Kleidungsstücke über. Mit nur sieben Minuten Verspätung stieß sie schließlich zu ihren Kollegen im Speisesaal. Auf dem Weg nach unten hatte sie beschlossen, die tote Maus vorerst nicht zu erwähnen. Die Unterhaltung am Frühstückstisch verlief stockend. Falls irgendeiner ihrer Kollegen eine tote Maus oder eine andere unangenehme Überraschung neben seinem Bett gefunden hatte, so ließ er sich nichts anmerken. Aline sah sich verstohlen um in der Hoffnung, der Schuldige würde sich zu erkennen geben. Ihr fiel nichts Außergewöhnliches auf. Und dennoch mußte der Schelm am Tisch sitzen, denn alle waren anwesend. Sie mußte wieder an die Worte des anonymen Briefes denken, den sie am Vortag erhalten hatte. *Du wirst bald erfahren, wer von uns beiden die Maus ist.* Was hatte dieser Soziopath sonst noch für Pläne? Würde er vor der Abfahrt am nächsten Tag noch einmal zuschlagen? *Nur noch vierundzwanzig Stunden,* versuchte sie sich zu trösten. Sobald sie in den Bus einstieg, der sie wieder nach London zurückbrachte, würde sie in Sicherheit sein. Bis dahin mußte sie eben auf der Hut sein. Aline streckte die Hand nach ihrer Kaffeetasse aus. Sie mißtraute dem Essen auf Moorland Manor nach wie vor, hatte sich jedoch inzwischen davon überzeugt, daß der Kaffee und der Zucker in Ordnung waren. Während sie das süße, schwarze, koffeinhaltige Getränk Schluck für Schluck in sich aufsog, spürte sie, wie ihre Lebensgeister wieder erwachten.

Als sie ihre dritte Tasse ausgetrunken hatte, hatte sie den Eindruck, daß sie mit allem fertig werden würde, was Vincent sich so ausdenken mochte, um sie zu quälen. Sie war angenehm überrascht, als sie erfuhr, daß er für den Vormittag keine gruppendynamischen Spiele geplant hatte. Stattdessen war es Aline und ihren Kollegen überlassen, ihre neu erworbenen Kompetenzen in der Zusammenarbeit im echten Leben anzuwenden, indem sie gemeinsam die Umgebung erkundeten. Sie waren sogar unbeaufsichtigt, denn Vincent war mit den Vorbereitungen der Nachmittags-Sitzung zugange. Wie immer mußte eine kleine Gruppe dableiben, um das Mittagessen zuzubereiten. Amanda meldete sich freiwillig, und zwei weitere Analysten, die Aline nur flüchtig kannte, wurden zum Küchendienst abgeordnet. Alle anderen machten sich auf den Weg zum Strand, nur allzu froh, der drückenden Atmosphäre auf Moorland Manor für einige Stunden zu entkommen. Der Tag versprach, noch heißer zu werden als der Vortag, und Aline war dankbar für die Meeresbrise, die ihnen entgegen wehte, während sie den steilen Fußpfad hinabstiegen, der zum steinigen Strand führte. Sie bewegte sich absichtlich langsam und stellte sicher, daß sie als Letzte die Klippen hinunterkletterte. Nach ihrem Abenteuer in den Bäumen und angesichts des unerwarteten Präsentes, das sie am Morgen gefunden hatte, wollte sie kein Risiko eingehen, daß einer ihrer Kollegen abrutschen und auf sie drauf fallen könnte.

Die unberührte Schönheit um sie herum ließ sie die gruseligen Ereignisse bald vergessen. Von den zarten Blumen, die auf den Klippen wuchsen, bis hin zu den massiven, zerklüfteten Felsen, die die schmalen Sandstreifen des Strandes ungerührt zerteilten, vermittelte die Landschaft den Eindruck, daß kein Mensch je seinen Fuß in diese Bucht gesetzt hatte. Aline fühlte, wie die Spannung aus ihrem Körper wich, während sie sanften Atlantik-Wellen zusah, die sich am Ufer brachen. Hin und wieder flogen Seevögel hoch über ihrem Kopf hinweg. Ach, wenn sie doch dieses Naturschauspiel mit Jim genießen könnte, ohne sich Sorgen über Unfälle und unausgesprochene Drohungen machen zu müssen!

„Und, wie geht es Dir heute?" fragte eine vertraute Stimme neben ihr. Sie wirbelte herum. Julia stand neben ihr. Alle anderen schienen sich in Luft aufgelöst zu haben. Sie mußte mehr Zeit damit zugebracht haben, die Landschaft zu betrachten, als sie dachte. Hoffentlich war dieser Ausflug nicht Teil eines Tests um herauszufinden, wie lange man seine Kollegen ertragen konnte! Aber weshalb hatte Julia hier auf sie gewartet, anstatt mit den anderen weiterzugehen? Julia war absichtlich zurückgeblieben, dessen war sich Aline sicher. Legte ihre Kollegin aus dem Öl-Sektor lediglich Wert darauf, mit der einzig normalen Person in der Abteilung zu sprechen, wie sie es formuliert hatte? Oder hatte sie Hintergedanken?

„Ich hoffe, Du hast Dich von Deinem Sturz im Baum wieder erholt. Mir war nicht klar, wie schwierig es für Dich sein würde, bis zum Baumwipfel zu kommen, sonst hätte ich es nicht vorgeschlagen", fuhr Julia im Plauderton fort.

„Mir auch nicht", murmelte Aline geistesabwesend.

„Was denkst Du, was unsere Freundin Amanda so *zusammenbraut,* während sie zuhause die Stellung hält?"

„Wahrscheinlich nicht allzu viel", brachte Aline ihre Hoffnung zum Ausdruck. „Ich denke, sie ist nur deshalb zuhause geblieben, weil sie hofft, zum Martyr zu werden, indem sie das Mittagessen für uns egoistische Naturforscher zubereitet."

„Es könnte aber auch sein, daß sie nach dem katastrophalen Marathon für wohltätige Zwecke vor sich selbst zugeben mußte, daß sie einfach nicht sportlich genug ist, um Strandspaziergänge zu machen und über Felsen zu klettern", gab Julia mit einem boshaften Grinsen zu bedenken.

„Wer weiß. Aber egal, was sie anstellt, werde ich nichts essen, was auf Moorland Manor serviert wird."

Julia runzelte die Stirn. "Übertreibst Du da nicht ein bißchen? Ich denke, es war richtig, die Pilze aus der Umgebung auf Deinem Teller liegenzulassen. Ich habe sie auch nicht gegessen. Manchmal kann es schwierig sein, die eßbaren von den giftigen Sorten zu unterscheiden. Insofern ist es nicht allzu verwunderlich, daß fast alle eine Lebensmittelvergiftung bekamen..."

„Du meinst, die Pilze waren schuld?" unterbrach Aline und sah Julia mit großen Augen an.

„Ja natürlich, woran soll es denn sonst gelegen haben? Salatgemüse ruft in der Regel keine Lebensmittelvergiftungen hervor."

„Aber wer hat Deiner Ansicht nach die Pilze in die Vorratskammer gelegt?"

„Ich gehe mal davon aus, daß das die Leute waren, die hier wohnen", gab Julia schulterzuckend zurück. „Wahrscheinlich sammeln sie gerne Pilze, wenn sie in den Wäldern der Umgebung wandern gehen. Vermutlich wollten sie die Sorten, bei denen sie sich nicht sicher waren, später in einem Pilzführer nachschauen. Während meiner Kindheit in Deutschland machte meine Familie das oft. Vermutlich war den Bewohnern von Moorland Manor nicht klar, daß sich eine Gruppe von Städtern am Wochenende in ihrem Haus breit machen und ihnen dabei ihre Pilze stibitzen würde."

„Die Leute, die hier wohnen?" wiederholte Aline ungläubig. Sie war nicht auf die Idee gekommen, daß die AgriBank-Mitarbeiter eventuell nicht allein auf dem Anwesen waren. Während ihrer Hausdurchsuchung am Vortag war sie niemandem begegnet, aber natürlich hatte sie im Westflügel nur das eine Zimmer in Augenschein genommen, in dem Julia ihren Analysebericht geschrieben hatte.

„Ja, sicher", gab Julia mit einem amüsierten Lächeln zurück. „Vincents Familie ist schon seit Generationen in dieser Region ansässig. Moorland Manor ist die Familienresidenz. Inzwischen sind sie natürlich verarmt und es fällt ihnen schwer, das Gebäude instand zu halten. Aber einige von Vincents Verwandten leben noch hier. Ich glaube aber, daß sie nur einen Teil des Hauses bewohnen. Du dachtest doch nicht etwa, daß dieses Anwesen ausschließlich für Firmenseminare genutzt würde, oder doch?" fügte sie nach einem Blick auf Alines verdutztes Gesicht hinzu.

Julia hatte selbstverständlich recht. Aline war stillschweigend davon ausgegangen, daß das Haus unbewohnt war, aber natürlich konnte es sich niemand leisten, eine derart große Immobilie für längere Zeit leerstehen zu lassen.

„Wie ist eigentlich Dein Zimmer?" erkundigte sich Julia.

„Eigentlich ziemlich geräumig und gemütlich. Ich bin in *Dartmoor*. Wo bist Du untergebracht?"

"In *Broadmoor*. Ich hätte meinen Schlafzimmern ja heiterere Namen gegeben, aber der Raum an sich ist recht angenehm. Das muß einmal ein Traumhaus gewesen sein, bevor die Pechsträhne der Familie einsetzte."

„Was ist eigentlich genau geschehen?" fragte Aline, die nicht die leiseste Ahnung hatte, wie und warum Vincents Familie verarmt war.

„Ehrlich gesagt, weiß ich nicht genau, wie sie ihr Geld verloren haben. Aber sie sind definitiv knapp bei Kasse, und natürlich ist Vincent nie über den Selbstmord und seine Scheidung hinweggekommen."

Aline fühlte die gleiche Abscheu, die auch während der Busfahrt von ihr Besitz ergriffen hatte, als Julia eine Tragödie in Vincents Familie erwähnte. Sie beschloß wiederum, die Familienangelegenheiten der Worthingtons auf sich beruhen zu lassen.

„Ich hoffe ja nur, daß es nicht spukt, und daß keine Worthington-Gespenster nach Mitternacht kettenrasselnd durch die Gegend schweben?" fragte Aline scherzhaft, um die Unterhaltung wieder auf unverfänglichere Themen zu lenken.

„Meines Wissens nicht. Natürlich spuken die Erinnerungen noch in Vincents Kopf herum, aber der einzige nächtliche Besuch, den ich bisher hatte, war eine sehr verspielte schwarze Katze, die am ersten Abend zu mir ins Zimmer kam."

Aline hatte die Katze völlig vergessen. Sie hatte sie seit ihrem kurzen Besuch nach ihrer Ankunft nicht mehr gesehen und Julia offensichtlich auch nicht. Ging es der Katze gut? Würde sich der Soziopath, der eine Maus umgebracht hatte, nur um Aline in Angst und Schrecken zu versetzen, an der Katze vergreifen?

Die beiden jungen Frauen liefen schweigend weiter. Die leichte Meeresbrise wurde stärker. Hin und wieder wurden sie von einer Windbö unangenehm durchgeblasen. Der Himmel war strahlend hellblau gewesen, als sie am Morgen losgezogen waren. Nun waren am Horizont Wolken aufgezogen, die unbestreitbar leichte Graustiche aufwiesen.

„Es sieht nach Regen aus", bemerkte Aline.

„Eher nach Sturm. Es sind Wetterwarnungen für die Region ausgegeben worden. Das habe ich gestern im Internet gelesen."

„Ach übrigens, ich habe Vincent gestern gefragt, wo Du seist, und er antwortete mehr oder weniger, daß ich mich nicht in Dinge einmischen solle, die mich nichts angingen. Wozu die ganze Geheimniskrämerei, wenn Du lediglich einen Bericht auf einem Laptop geschrieben und dabei noch schnell den Wetterbericht angesehen hast?"

„Tja, so ist Vincent eben. Er hat mir die Hölle heiß gemacht, bevor er mir schließlich erlaubt hat, mich für eine Weile abzusondern, um dringende Arbeiten zu eledigen. Er scheint ein paar Stunden Abwesenheit von seinem Gruppenarbeits-Seminar mit Hochverrat gleichzusetzen. Am Ende habe ich ihn überzeugt, daß wir es uns nicht leisten können, die Roadshow zu verlieren, weil meine Analyse nicht rechtzeitig fertig wurde, und er hat mir zögerlich zugestimmt. Ich glaube ehrlich gesagt, daß er Angst vor mir hat, seit ich ihm einmal auf die Schliche gekommen bin, als er versuchte, einen schweren Fehler zu vertuschen. Deshalb wollte er keine Konfrontation. Aber ich mußte ihm trotzdem versprechen, niemandem zu sagen, daß ich eine Sondererlaubnis hatte, eine Sitzung zu verpassen, weil er Angst hatte, daß sonst jeder mit eigenen Aktivitäten daherkäme. Ich denke aber, ich habe nichts verpaßt, oder?"

"Wenn Du mich fragst, nein. Allerdings muß ich dazusagen, daß ich dieses ganze Off-Site Meeting nicht gebraucht hätte."

„Das kannst Du laut sagen. Ich hätte meine Studie daheim auf meiner Dachterrasse schreiben können und nebenbei noch meine Pflanzen umtopfen. Ich weiß nicht einmal, wann ich später dazu kommen werde. Von September bis November ist ja bei uns Hauptsaison mit vielen Kundenterminen, und dann gehen auch schon die Vorweihnachtsfeiern los. Stattdessen verplempere ich meine Zeit bei einem sinnlosen Seminar, umgeben von lauter Irren! Dieses *Eigen- versus Fremdwahrnehmungs*-Spiel gestern schlug dem Faß den Boden aus!"

„Hast Du dabei irgendwelche fiesen Kommentare erhalten?" fragte Aline beiläufig.

„Das war wohl zu erwarten. Angeblich bin ich nicht bereit, meine Aktien und meine Kunden zu teilen – solche Kommentare eben. Als ob irgendeiner der Faulpelze aus meinem Team sich je aufraffen würde, über meine Aktien zu schreiben oder meine Kunden anzurufen, wenn ich sie abgeben würde! Und bei Dir? Hat Dir Dein tollwütiges Schoßhündchen Tom Todesdrohungen geschickt?"

„Wie kommst Du denn darauf?" fragte Aline argwöhnisch.

„Ich habe ihm zugesehen. Er hat Dir böse Blicke zugeworfen, während er seinen Brief geschrieben hat."

War Tom der Verfasser des Drohbriefes? Aline ließ sich diese neue Theorie durch den Kopf gehen. Sie wußte, daß Tom den Eindruck hatte, in ihrem Schatten zu stehen, aber litt er wirklich an einer ausreichend schweren Form von Verfolgungswahn, um zu glauben, daß sie mit ihm spielte wie die Katze mit der Maus?

„Was glaubst Du, was sein Problem ist?" Aline hatte beschlossen, die Initiative zu ergreifen und zu versuchen, der allwissenden Julia so viele Informationen wie möglich zu entlocken. Es war geradezu unheimlich, wie es der Öl-Analystin, mit der niemand bei AgriBank etwas zu tun haben wollte, gelang, über alles und jedes bescheid zu wissen, was irgendwie in Zusammenhang mit einem AgriBank-Mitarbeiter stand.

Aber Julia hatte offenbar nicht viel Zeit darauf verwendet, eine Psycho-Analyse über Tom zu erstellen. „Ich denke, er hat einfach nur einen riesigen Minderwertigkeitskomplex", antwortete sie schulterzuckend. „Ungefähr die Hälfte der AgriBank-Mitarbeiter hat ein Ego von der Größe von Texas und ein Gehirn von der Größe einer Gartenerbse. Du kannst nicht erwarten, daß das gutgeht."

Der kalte Wind und Julias Bemerkung ließen Aline erzittern. Was genau hatte Julia gemeint mit ihrer Bemerkung *Es wird nicht gutgehen?* Erwartete sie lediglich, daß die Aktien-Analyse-Abteilung der AgriBank aufgrund des qualitativ schwachen Produktes, das sie von ihren beschränkten Kollegen erwartete, Marktanteile verlieren würde? Oder war sie innerlich auf eine persönliche Tragödie vorbereitet?

„Fred ist eine Marke für sich", fuhr Aline nonchalant fort. Wer wußte, wann sich wieder eine solche Gelegenheit bot, das komplexe Geflecht aus zwischenmenschlichen Beziehungen im Büro zu ergründen.

„Ja, er ist ein typischer primitiver sozialer Aufsteiger, der einerseits noch dabei ist, sich gegen das Etablissement aufzulehnen und andererseits eifrig darauf bedacht ist, das System zu melken. Seine Verleumdungskampagnen beim Kaffeeautomaten sind legendär!"

"Ich weiß, ich habe selbst die ein oder andere davon mitbekommen. Ich werde nie verstehen, weshalb Vincent seinem destruktiven Verhalten nicht ein Ende macht."

„Oh, aber es kommt Vincent doch zugute. Er ermutigt Fred, jeden gegen jeden aufzuhetzen, denn so lange die Analysten damit beschäftigt sind, sich gegenseitig die Augen auszukratzen, haben sie keine Zeit, irgendwelche Gedanken daran zu verschwenden, wie komplett ungeeignet Vincent für die Leitung der Aktienanalyse ist, und er muß sich folglich keine Sorgen um seine Position machen. Ehrlich gesagt kann ich es ihm angesichts der Fluktuation bei AgriBank nicht verübeln. Seine Vorgänger haben sich ja nicht allzu lange halten können."

„Das macht Sinn. Aber ich verstehe nicht, inwiefern es ihm hilft, daß Amanda in letzter Zeit mehr Energie auf ihre Wohltätigkeitsveranstaltungen verwendet als auf ihren Job. Wozu braucht man denn einen Leiter Aktienanalyse, wenn seine Untergebenen keine Aktien analysieren?"

„Amanda ist ein Spezialfall", stimmte Julia ihr zu. „Sie wäre bei einer Suppenküche besser aufgehoben als bei einer Bank."

„Vielleicht ist das ja der Grund, weshalb sie zuhause bleibt und das Mittagessen zubereitet – als Vorbereitung auf einen zweiten Karriereweg", witzelte Aline.

„Wo Du gerade das Mittagessen erwähnst: ich bekomme allmählich Hunger."

„Und mir ist kalt. Das Wetter wird allmählich richtig häßlich. Laß uns zum Haus zurückgehen."

Sie liefen Seite an Seite zu Moorland Manor zurück. Aline paßte auf, daß Julia nicht plötzlich hinter sie trat, aber ihre Kollegin machte keine Anstalten, irgendwelche Tricks zu probieren. War es möglich, daß Julia einfach nur das war, wofür sie sich ausgab – eine völlig normale, freundliche Kollegin?

7 GEFANGEN

Als sie zu Moorland Manor zurückkehrte, war Aline so hungrig, daß sie sogar erwog, von den Gerichten zu essen, die die Küchendienst-Truppe zubereitet hatte. Julias Erklärung für die geheimnisvolle Lebensmittelvergiftung, die die Abteilung am ersten Abend heimgesucht hatte, klang plausibel und wurde dadurch untermauert, daß Julia ganz normal zu essen schien. Falls Julia außer Pilzen sonst noch irgendwelchen Lebensmitteln mißtraute, so ließ sie es sich zumindest nicht anmerken. Dennoch hatte Aline ein unbestimmtes, ungutes Gefühl. Hatte die scheinbar allwissende Julia in ihrer Beurteilung der Lage auf Moorland Manor vielleicht doch einen entscheidenden Aspekt übersehen? Oder steckte sie am Ende doch hinter den mysteriösen Vorfällen? Aline hätte die Lebensmittelvergiftung auf eine Verkettung unglücklicher Umstände zurückgeführt, wenn da nicht ihr Beinahe-Unfall, der Drohbrief und die tote Maus gewesen wären. Sie beschloß, lieber kein Risiko einzugehen und brachte den größten Teil der Mittagspause damit zu, stark gesüßten Tee zu trinken, um ihren Blutzuckerspiegel zumindest soweit zu normalisieren, daß sie einen weiteren langweiligen Nachmittag, angefüllt mit halbherzigen Diskussionen zum Thema Gruppenarbeit, durchstehen würde. Und in vierundzwanzig Stunden würde sie bereits auf dem Heimweg sein!

Sie erlebte eine unangenehme Überraschung. Vincent war es anscheinend leid, in seiner zum Klassenzimmer umfunktionierten Bibliothek tauben Ohren zu predigen, und so hatte er ein weiteres gruppendynamisches Experiment vorbereitet. Es handelte sich um eine sadistische Variante des beliebten Versteckspiels und gefiel Aline noch weniger als das Abenteuer in der Baumkrone am Vortag. Vincent teilte die Abteilung in zwei Gruppen ein. Jedes Mitglied der ersten Gruppe, zu der auch Aline gehörte, sollte von jemandem aus der zweiten Gruppe mit verbundenen Augen zu einem geheimen Ort geführt werden. Zu diesem Zweck hatte Vincent den Namen eines jeden Gefangenen auf ein separates Blatt Papier geschrieben. Dann hatte er jeden dieser Zettel gefaltet und in eine Tasche gesteckt. Die Mitglieder der zweiten Gruppe griffen einer nach dem anderen in den Krabbelsack, um die Namen ihrer jeweiligen Gefangenen zu ziehen.

Vincent griff als erstes in den Krabbelsack. Zu Alines Entsetzen stand ihr Name auf dem Zettel, den er herauszog. War es nur ihre Einbildung, oder sah er sie tatsächlich selbstgefällig und ein wenig triumphierend an, als er ihren Namen vorlas? Als jeder einen Zettel gezogen hatte, verband jeder Entführer seinem Gefangenen die Augen. Dann wurden sie einer nach dem anderen gebeten, den Raum zu verlassen, ein Versteck für ihre Geiseln zu suchen und dann zur Bibliothek zurückzukehren.

Wenn alle Gefangenen versteckt waren, sollte die zweite Gruppe nach ihnen suchen, wobei natürlich niemand den Gefangenen entdecken durfte, den er selbst versteckt hatte. Der Sinn und Zweck der Übung bestand darin, gegenseitiges Vertrauen aufzubauen, indem man darauf angewiesen war, von den Kollegen aus der Gefangenschaft gerettet zu werden.

Vincent marschierte als erster mit Aline ab. Welches Versteck er sich auch immer für sie ausgedacht haben mochte, führte er sie auf den größtmöglichen Umwegen dorthin. Sie liefen mehrere Treppen hinauf und hinab und bogen öfter ab, als Aline das für möglich gehalten hätte in diesem rechteckigen Haus, das in erster Linie aus langen, geraden Fluren zu bestehen schien, als Aline am Vortag nach Julia gesucht hatte. Ihr Ortssinn war noch nie besonders gut gewesen, und bald hatte sie die Orientierung verloren. Vergeblich versuchte sie, unter dem dunklen Tuch vor ihren Augen durchzulinsen; es saß so fest auf ihrer Nase, daß kein einziger Lichtstrahl hindurchdrang. Die Vorahnung, die sie beschlichen hatte, als sie zum ersten Mal den Fuß auf das Anwesen gesetzt hatte, ergriff abermals von ihr Besitz. *Vielleicht wäre es am besten, hier und jetzt auf dem Absatz kehrt zu machen und zu fliehen,* fuhr es ihr durch den Kopf. Vincents fester Griff und die Binde vor ihren Augen machten diese Möglichkeit jedoch zunichte.

Dadurch, daß sie zeitweise ihres Sehvermögens beraubt war, richtete sich ihre ganze Aufmerksamkeit auf das bedrohliche Geräusch des Sturms, der draußen aufzog. Zuhause knuddelte sie sich gerne genüßlich aufs Sofa, während Donner grollte und Regen gegen das Fenster prasselte, aber die orkanartigen Böen, die über das einsam gelegene Anwesen hinwegfegten, flößten ihr Furcht ein. Aline schauderte. *Morgen um diese Zeit sitze ich im Bus zurück nach London,* versuchte sie abermals, sich zu trösten.

Endlich waren sie beim Versteck angekommen, das Vincent Aline zugedacht hatte. Sie musste sich auf einen kalten, gekachelten Boden setzen; dann hörte sie, wie direkt neben ihr eine Tür zugemacht wurde. Zu ihrer Bestürzung hörte sie, wie ein Schlüssel im Schloß umgedreht wurde. Kurz darauf wurde eine zweite Tür zugemacht und ebenfalls mit einem Schlüssel verschlossen, diesmal etwas weiter entfernt. Sie spürte kalte Panik in sich aufsteigen, als ihr das volle Ausmaß ihrer prekären Lage bewußt wurde. Soweit sie es beurteilen konnte, hatte Vincent sie in einen Raum hinter einem anderen Raum gebracht und beide Zimmer abgeschlossen! Würden die Kollegen, die sie suchen sollten, Schlüssel zu allen Zimmern bekommen? Würden sie überhaupt auf die Idee kommen, daß Aline nicht nur versteckt, sondern auch eingeschlossen worden war? Würde irgendjemand sie hören, wenn sie schrie? Ein trostloses Gefühl der Isoliertheit überkam sie. Wenn sie doch nur noch im Besitz ihres Handys gewesen wäre! Die Tasache, daß es bei der Ankunft unter einem fadenscheinigen Vorwand konfisziert worden war, erschien nun in einem ganz neuen und besorgniserregenden Licht.

Ihre Verzweiflung vermischte sich mit den Spuren, die vierzig Stunden ohne feste Nahrung hinterlassen hatten. Plötzlich fühlte sie sich sehr schwach und den Tränen nahe. Ihre Hände zitterten, als sie sie nach dem Knoten im Tuch über ihren Augen ausstreckte. Es gelang ihr nicht, den Knoten zu lösen. Der Schweiß trat ihr aus den Poren und es dämmerte ihr, daß sie eine Ruhepause einlegen mußte. Als sie sich auf die kalten, harten Kacheln legte, geriet sie allmählich in Panik. Wie lange würde es wohl dauern, bis man sie hier fand? Sollte man sie überhaupt finden? Was würden Jim und ihre Familie denken, wenn sie während dieses gruppendynamischen Off-Site Meetings einfach so verschwand? Würden sie nach Cornwall fahren, um nach ihr zu suchen, oder würden sie sich einfach mit dem Schicksal ihres Verschwindens abfinden? Würden sie je vermuten, daß irgendwelche Seminarteilnehmer der AgriBank etwas mit ihrem Verschwinden zu tun hatten?

Sie konnte kaum glauben, daß ihr so etwas hatte geschehen können. Schließlich war sie Aline Alexandre, die Tochte eines hochangesehenen Physikers und einer erfolgreichen Fernsehmoderatorin. Es kam ihr so vor, als hätte sie erst gestern ihren vermeintlichen Traumjob bei der AgriBank angenommen. Sie kam einfach nicht darüber hinweg, wie schnell ihr Leben aus den Fugen geraten war. Ihr Traumjob hatte sich schon bald als Alptraum entpuppt. Und jetzt hatten Hunger, Schlafentzug und nackte Angst ihre Reserven erschöpft. Ihr war schwindlig. Sie sagte sich, daß sie wach und bei Bewußtsein bleiben und nachdenken mußte, aber all ihre Gedanken lösten sich auf, bevor sie sie zu Ende denken und einen Schlachtplan ausarbeiten konnte. Ein gräßliches Geräusch erfüllte ihre Ohren. Als es nachließ, herrschte Totenstille; sie hatte einen Kreislaufzusammenbruch erlitten.

Als sie sich wieder berappelt hatte, entschied sie, daß es an der Zeit war, sich in dem Versteck umzusehen, in das man sie gebracht hatte. Diesmal gelang es ihr, die Augenbinde abzunehmen, auch wenn es eine Weile dauerte, da der Knoten fest und von erfahrener Hand geknüpft worden war und ihre Finger außerdem nervös zitterten. Sie war immer weniger davon überzeugt, einfach nur an einem gruppendynamischen Spiel teilzunehmen, das zum Standardinventar des ganz normalen Wahnsinns in der Firmenwelt gehörte. Von Anfang an hatte sie sich des Gefühls nicht erwehren können, daß Vincent sie nicht besonders mochte und sich in ihrer Gegenwart unwohl fühlte. Steckte vielleicht mehr dahinter? Konnte es sein, daß er aus unerfindlichen und kaum nachvollziehbaren Gründen tatsächlich Angst vor ihr hatte? Sie konnte sich nicht entsinnen, irgendetwas gesagt oder getan zu haben, was Vincents Ansehen innerhalb der Firma in irgendeiner Form hätte schaden können. Andererseits vermutete sie schon seit langem, daß er nicht immer ganz rational handelte. Es würde sie nicht völlig überraschen, wenn er sich als kaltblütiger Mörder entpuppen sollte. Es sah ganz danach aus, als habe er sie absichtlich auf seiner Familienresidenz eingesperrt, um sie zumindest zeitweise aus dem Verkehr zu ziehen – oder eventuell auch für immer. Bei diesem Gedanken mußte sie schlucken. Sie versuchte, sich den Beginn der Namensauslosung ins Gedächtnis zu rufen. Vincent hatte den Krabbelsack und die zugehörigen Zettel als erster in den Fingern gehabt. Es war für ihn ein leichtes gewesen, alles so zu arrangieren, daß er Alines Namen ziehen konnte, ohne Mißtrauen zu erwecken.

Je mehr Aline darüber nachdachte, desto mehr gelangte sie zu der Überzeugung, daß sie fliehen mußte – und zwar bald. Mit einem Ruck riß sie sich das nun locker sitzende Tuch von den Augen. Mit Ausname eines schmalen Streifens natürlichen Lichts, der sich auf dem Boden abzeichnete, blieb der Raum dunkel. Aline war in einem fensterlosen Raum eingesperrt, aber der schmale Lichtstreifen sagte ihr, daß die Tür zu einem Zimmer führte, das mit Fenstern ausgestattet war. Dieser Gedanke war zwar in mancher Hinsicht beruhigend – wenigstens wußte sie nun, das man sie nicht in einem Labyrinth aus unterirdischen Kerkern gefangenhielt –, allerdings half er ihr nicht wirklich bei der Beantwortung der Frage, was sie als nächstes tun sollte. Tatsache war, daß sie derzeit im Dunkeln festsaß und weder Formen noch Farben der Gegenstände in ihrem Umfeld ausmachen konnte. Systematisch begann sie, alles abzutasten. Der Raum war klein, und die meisten Vorrichtungen waren aus Keramik. An einer der Wände war ein rechteckiges, mit Glas verkleidetes Objekt angebracht, das sich öffnen ließ, indem man an Knöpfen zog. Es enthielt kleine Regale und verschiedene Flaschen und Tuben. Es bestand kein Zweifel. Man hatte sie in ein fensterloses Badezimmer gebracht, das sich vermutlich zu einem Schlafzimmer hin öffnete. Es gab nur einen Fluchtweg, und zwar die Tür, die Vincent abgeschlossen hatte. Er hatte den Schlüssel stecken lassen. Würde sie es schaffen, an den Schlüssel heranzukommen? Zum ersten Mal in ihrem Leben bereute sie es, nie bei den Pfadfindern gewesen zu sein. Bei all ihrer Brillianz auf geistigem Gebiete und ihrer Fähigkeit, Kundenbeziehungen aufzubauen, war sie in lebensbedrohlichen Situationen hoffnungslos überfordert.

Sie mußte es versuchen. Es war ihre einzige Hoffnung. Sie mußte ein Werkzeug finden, das klein genug war, um ins Schlüsselloch zu passen, um dadurch den Schlüssel auf der anderen Seite zu Boden fallen zu lassen und ihn anschließend durch die Türritze ins Badezimmer zu fischen. Es war leichter gesagt als getan. Sie prüfte die Gegenstände im Badezimmer einen nach dem anderen auf ihre Tauglichkeit als Werkzeug, aber die meisten waren für ihre Zwecke völlig ungeeignet. Die meisten Leute füllten ihre Badezimmerschränke eben mit Körperpflegeprodukten statt mit Werkzeugen, die denjenigen Gästen gelegen kämen, die sich unversehens in einer Situation befanden, wo sie verschlossene Türen öffnen mußten.

Nachdem sie eine schier endlose Reihe von Duschgels und Körperlotionen abgetastet hatte, entdeckte sie schließlich ein Nageletui. *Mit der Nagelfeile oder der Schere könnte es klappen,* überlegte sie. Verbissen machte sie sich an die Arbeit. Es war kein leichtes Unterfangen, aber schließlich bewegte sich der Schlüssel. Mit einem dumpfen Laut schlug er auf dem Boden auf, und zwar näher an der Tür, als Aline zu hoffen gewagt hatte. Mithilfe der Nagelfeile holte sie den Schlüssel näher an die Tür heran. Die Tür war in diesem alten Haus mangelhaft eingepaßt worden; dadurch war ein relativ großer Spalt zwischen dem unteren Türende und dem Boden entstanden, durch den sie den Schlüssel mit ihren schmalen Fingern ins Badezimmer ziehen konnte. Sie seufzte erleichtert auf, als sie die Tür aufschloß und ins angrenzende Zimmer eintrat.

Wie sie richtig vermutet hatte, befand sie sich in einem Schlafzimmer. Der Raum war groß und beinhaltete neben einem Doppelbett und einem kleinen Nachttisch noch Bücherregale, einen Tisch, zwei Stühle und einen begehbaren Kleiderschrank. Offensichtlich wurde das Zimmer benutzt. Eine halbleere Teetasse stand auf dem Tisch, ein paar Hausschuhe war unterm Bett verstaut worden, und über einem der Stühle hing ein Schlafanzug.

Draußen hämmerte der Regen wütend gegen die Fensterscheiben, und der Himmel hatte sich verdunkelt. Dennoch wagte sie es nicht, das Licht anzuschalten. Sie hatte beschlossen, so bald irgend möglich von Moorland Manor zu fliehen, sogar auf das Risiko hin, in den Augen der anderen als Eigenbrötler dazustehen und nie wieder von einem Kopfjäger angerufen zu werden.

Aber als sie aus den Fenstern sah, an denen der Sturm rüttelte, wurde ihr klar, daß an eine Flucht auf diesem Wege vorerst nicht zu denken war. Sie befand sich im dritten Stock und es war selbst bei Trockenheit schwierig, an die Regenrinne zu kommen. Selbst wenn sie es unfallfrei bis nach unten schaffen sollte, müßte sie wahrscheinlich stundenlang durch den Regen laufen, bis sie zum nächsten Dorf kam. Und sie hatte keine Ahnng, in welcher Richtung das nächste Dorf lag.

Sie war besser beraten, noch einmal zu versuchen, an den Schlüssel heranzukommen, und dann durchs Haus zu schleichen, bis sie wieder bei ihren Kollegen angekommen war. Sobald sie mit ihnen wiedervereint war, wäre sie in Sicherheit. Was immer Vincent auch für Pläne hegen mochte, er würde es nicht wagen, ihr vor mehr als zwei Dutzend Zeugen etwas anzutun. Ein bitteres Lächeln malte sich auf ihre Lippen, als sie darüber nachgrübelte, daß Vincents Voraussagen in gewisser Hinsicht eingetroffen waren: zum ersten Mal, seit sie zu AgriBank gekommen war, war sie völlig von ihren Kollegen abhängig und mußte ihnen in einer Sache vetrauen, bei der es vermutlich um Leben oder Tod ging. Hierbei gab es allerdings ein Problem. Ihr Plan mochte theoretisch gut durchdacht sein; seine praktische Durchführbarkeit scheiterte jedoch daran, daß besagter Schlüssel nicht mehr im Schloß steckte. Vincent hatte den Schlüssel zur Tür, die das Schlafzimmer mit dem Flur verband, abgezogen. Sie saß fest – es sei denn, es gab in diesem Zimmer einen weiteren Schlüssel, der ins Schloß paßte.

Aline machte sich daran, systematisch in Schubladen, Kartons und Kleidertaschen nachzusehen – den üblichen Orten, an denen Leute Schlüssel aufbewahrten. Die Suche gestaltete sich aufwendig, denn der Bewohner des Zimmers schien ausgesprochen unordentlich zu sein. Aline sichtete eine Reihe von Lose-Blatt-Sammlungen, die achtlos in Schreibtischschubladen gequetscht worden waren. Einige persönliche Dinge, die ihr währenddessen in die Hände fielen, ließen keinen Zweifel an der Identität des Bewohners dieses Raumes. Es handelte sich ganz klar um Vincents Schlafzimmer, und sie war in seinem privaten Badezimmer eingesperrt gewesen. Diese Tatsache war überaus besorgniserregend. Sicherlich war keiner ihrer Kollegen so unverschämt, das Schlafzimmer seines Vorgestzten im Rahmen eines gruppendynamischen Versteckspiels zu durchsuchen. Sie war sich plötzlich sicher, daß ihr Sektorübergreifender Koordinator sie absichtlich zum einzigen Ort gebracht hatte, wo niemand nach ihr suchen würde. Und um auf jede Eventualität vorbereitet zu sein, hatte er beide Türen, die Aline von der Freiheit trennten, abgeschlossen.

Wenn er so weit ging, sie in seinen eigenen Gemächern einzuschließen, dann mußte ihm wirklich sehr daran gelegen sein, sie von der Außenwelt und somit von ihren Kollegen abzuschneiden, überlegte sie. Ihm konnte ganz sicher nicht daran gelegen sein, daß sie all seinen persönlichen Besitz und seine Dokumente sah – es sei denn, es war ihm egal, da er ohnehin vorhatte, sie auszuschalten, bevor sie irgendjemandem davon erzählen konnte. Sie schluckte und versuchte, sich von diesem düsteren Gedanken zu befreien. Vermutlich war er davon ausgegangen, daß sie im Badezimmer festsaß, bis er einen ihrer Kollegen damit beauftragte, sie zu ‚retten‘. Er hatte sicherlich nicht damit gerechnet, daß ihr Einfallsreichtum ihr den Weg in sein Schlafzimmer ebnen würde. Indem sie seine Handlungen in diesem Licht betrachtete, beruhigte sie sich etwas. Dennoch war ihr klar, daß sie es bisher tunlichst vermieden hatte, sich die entscheidende Frage zu stellen: *Weshalb hatte Vincent sie eingesperrt? Auf welche Weise profitierte er davon, daß sie mehrere*

Stunden lang außer Gefecht gesetzt war? Ihr viel keine Erklärung ein, die glaubwürdig klang und ihr gleichzeitig ein Gefühl von Sicherheit gab. Mehr denn je verspürte sie den brennenden Wunsch, den Schlüssel zu Vincents Schlafzimmertür zu finden.

Falls es einen zweiten Schlüssel gab, so befand er sich zumindest nicht in Vincents Schreibtischschublade, die sie Zentimeter fur Zentimeter durchsucht hatte. Befand er sich möglicherweise in einer der vielen Schuhschachteln, die sich im Wandschrank stapelten? Beim Anblick der vielen Schachteln überkam sie ein Gefühl von Sinnlosigkeit und Hoffnungslosigkeit. Die Kartons einzeln zu durchsuchen war eine Heidenarbeit, und sie mußte damit rechnen, daß Vincent jederzeit zurückkommen konnte. Er würde alles andere als erbaut sein, wenn er Aline dabei erwischte, wie sie in seinem persönlichen Besitz herumschnüffelte, und seine darauffolgenden Handlungen könnten drastischer ausfallen als ursprünglich geplant. Und möglicherweise war die ganze Mühe umsonst. Sie wußte ja nicht einmal, ob sich in diesem Raum überhaupt ein zweiter Schlüssel befand. Wieder wanderte ihr Blick zu den Fenstern. Der Sturm hatte etwas nachgelassen; der Wind hatte aufgehört zu heulen. Aber immer noch fiel der Regen, als wolle er Moorland Manor samt seiner tragischen Geschichte wegspülen. Den Raum durch die Schlafzimmertür zu verlassen war noch immer eine weitaus bessere Option, als aus dem Fenster zu klettern.

Mit einem Seufzer widmete sich Aline den Schuhschachteln und machte auf Anhieb eine überraschende Entdeckung. Zuoberst in der ersten Schachtel lag ein verblichener Zeitungsausschnitt vom 27. November 1994. Der Artikel handelte vom tragischen Tod eines siebzehnjährigen Jungens namens Raymond Worthington, der scheinbar auf einem Felsen auf Moorland Manor ausgerutscht und die Steilklippe hinuntergefallen war. Sein Verschwinden war am nächsten Morgen von den anderen Bewohnern des Anwesens bemerkt worden, und die Wasserpolizei hatte bald darauf seine Leiche aus dem Meer geborgen. Sein Tod war als Unfall behandelt worden.

Das mußte die Tragödie sein, die Julia erwähnt hatte, schoß es Aline durch den Kopf. Vermutlich war dieser Raymond Worthington mit ihrem Vorgesetzten Vincent Worthington verwandt. Das würde auch erklären, weshalb sein Tod Vincent so zugesetzt hatte. Vielleicht fühlte Vincent in diesem Zusammenhang ja so etwas wie Schuld oder Reue. Hatte er möglicherweise in irgendeiner Form zu Raymonds Unfall beigetragen? *Wenn es überhaupt ein Unfall gewesen war,* dachte Aline erbittert. Der Zeitungsartikel besagte lediglich, daß sein Tod *als Unfall behandelt* worden war. Aber wer vermochte schon die Umstände zu rekonstruieren, die unter solchen Bedingungen, wie sie im Artikel beschrieben waren, zum Tod geführt hatten? Aline war keine Expertin für unaufgeklärte Todesfälle; sie ging jedoch davon aus, daß es im Zweifelsfall vorzuziehen war, einen Tod als Unfalltod darzustellen, vor allem wenn das Opfer in der Gegend, wo es gestorben war, ein gewisses Ansehen genoß.

Außer dem Zeitungsartikel war die Schachtel bis obenhin angefüllt mit Andenken und alten Fotos. Eines davon zeigte Vincent als jungen Mann neben einer recht hübschen, dunkelhaarigen jungen Frau, die einen Säugling im Arm hielt. Vincent hatte nie etwas von einem Sohn erwähnt, aber Aline mußte plötzlich an Julias Bemerkung über seine Scheidung denken. Die Dame auf dem Bild war vermutlich seine Ex-Frau; wahrscheinlich hatte sie nach der Scheidung das Sorgerecht für das Kind bekommen. Schweigend leerte Aline eine Schachtel nach der anderen und durchsuchte Manteltaschen, bis sie sich schließlich eingestehen mußte, daß der zweite Schlüssel, wenn er überhaupt existierte, zumindest nicht in diesem begehbaren Wandschrank versteckt war.

Unentschlossen ließ sie ihre Blicke durch den Raum wandern und fragte sich, was sie als nächstes tun sollte. Da entdeckte sie auf dem kleinen Schreibtisch neben seinem Bett ein Laptop. Es war ihre letzte Hoffnung. Mit etwas Glück hatte Vincent die komplette Planung des Teamarbeits-Seminars auf der Festplatte abgespeichert. Falls dem so sein sollte, stieß sie vielleicht auf irgendeinen Anhaltspunkt, weshalb sie in diesen Raum gebracht worden war, wie lange sie gefangengehalten werden sollte und eventuell sogar, welche Fluchtwege sich boten, obgleich sie natürlich mit eigenen Augen sehen konnte, daß es in einer stürmischen Nacht keinerlei Fluchtmöglichkeiten gab. Sie schaltete den Computer ein. Zu ihrer Erleichterung war er nicht durch Paßwörter geschützt. Sie bekam sofort Zugriff auf sämtliche auf der Festplatte befindlichen Dokumente. Als sie sich einen kurzen Überblick verschaffte, erhielt sie bereits die Antwort auf die Frage, die sie sich seit Monaten gestellt hatte: *Was tat Vincent den ganzen Tag in seinem Büro?* Allem Anschein nach verbrachte er seine Zeit damit, jedes nur erdenkliche Szenario für die Aktienmärkte im allgemeinen und seine Analyse-Abteilung im besonderen durchzuspielen. Im Windows-Explorer befanden sich fast ein Dutzend Dokumente, deren Titel die Worte *Aktienmarkt-Boom* enthielten. Sie waren zu der Zeit angelegt worden, als Vincent zum Sektorübergreifenden Koordinator ernannt worden war.

Aline öffnete eines der Bullenmarkt-Dokumente per Doppelklick. Ihr klappte die Kinnlade herunter. Vincent hatte hier im Detail großartige Expansionspläne beschrieben. Er hatte die Anzahl der Mitarbeiter in Alines Team glatt verdoppeln wollen, und auch in anderen Sektoren hatte ihm vorgeschwebt, eine Reihe weiterer Analysten einzustellen. Außerdem hatte er geglaubt, eine große Anzahl von Editoren zu benötigen, um der Flut der Berichte Herr zu werden, die seine aufgeblähte Abteilung schreiben sollte. Seine quantitativen Ziele für die Erstellung von Analyseberichten beruhten auf der Annahme einer durchschnittlichen Produktivität, die weit über dem tatsächlichen Output selbst der ehrgeizigsten Analysten lag. Die neueren Dateien trugen weniger erbauliche Namen wie *Temporäre Einschränkungen* und *Krisenmanagement*. Aline machte sich nicht erst die Mühe, sie zu öffnen.

Stattdessen ging sie direkt zu einer Datei mit dem Titel *Letzte Rettung* über. Sie war erst vor einigen Wochen erstellt worden und umriß die Einsparungen, die notwendig würden, wenn die Volatilität an den Märkten anhielt. Der Kapazitätsabbau, der unter dem Szenario *Letzte Rettung* vorgesehen war, raubte Aline den Atem. Sie hoffte, daß diese Restrukturierungsmaßnahmen den Abbau von Mitarbeitern des Verwaltunsapparats beinhalteten. Anderenfalls liefen die geplanten Kürzungen darauf hinaus, daß neunzig Prozent der Mitarbeiter der Analyse-Abteilung arbeitslos würden. Ihre Befürchtungen bestätigten sich, als sie weiterlas: unter dem Szenario *Letzte Rettung* würde die AgriBank die pan-europäische Abdeckung der Aktienmärkte aufgeben und sich stattdessen ausschließlich auf kleinere Aktien spezialisieren, die an britischen Börsen gehandelt wurden, mit der Begründung, daß diese Nische weniger hart umkämpft sei. Eine Handvoll Analysten würde die Restrukturierungswelle überleben und das neu zusammengestellte Aktienuniversum sektorübergreifend abdecken; in anderen Worten, sie würden ihre Branchenspezialisierung aufgeben.

Das waren ja schöne Aussichten! Aline, die sich im Rahmen ihrer Aufgabe intensiv mit der Dynamik und dem regulatorischen Umfeld des Bankensektors befaßt und dafür sehr viel Zeit und Energie aufgewendet hatte, war sich nicht sicher, ob sie ihren Job unter diesen Umständen überhaupt behalten wollte. Das großzügige Abfindungsangebot, mit dem sie im Falle der *Letzten Rettung* vermutlich rechnen konnte, wirkte plötzlich sehr verführerisch. Immerhin wußte sie jetzt, weshalb Vincent in letzter Zeit wie ein aufgescheuchtes Huhn durch die Gegend gelaufen war und einen Richtungswechsel nach dem anderen vorgegeben hatte. Sie hatte instinktiv gespürt, daß Vincent unter zunehmendem Druck stand, seine große, übersetzte Abteilung zu rechtfertigen, die keine nennenswerten Ergebnisse lieferte, aber sie wäre nie auf die Idee gekommen, daß ihr Arbeitgeber sich mit dem Gedanken trug, sich faktisch aus der Aktienanalyse zurückzuziehen. Diese Entwicklungen schienen sich in den letzten Wochen und Monaten beschleunigt zu haben: zwischen den ehrgeizigen Expansionsplänen unter der Annahme eines *Aktienmarkt-Booms* und den verzweifelten Maßnahmen, die unter *Letzte Rettung* beschrieben wurden, lagen keine sechs Monate. Kein Wunder, daß Vincent beim verzweifelten Versuch, AgriBanks Vorstandsmitglieder zu besänftigen und Zeit für seine Abteilung zu erkaufen, ständig neue Erfolgsrezepte ausprobierte, angefangen von sektorüber-greifenden Analyseberichten über das Bombardieren von Kunden mit Nachrichten auf deren Anrufbeantwortern bis hin zu den vielen wahllosen Änderungen der Meßlatte für Erfolg.

Vielleicht war es wirklich an der Zeit, sich über ihr Leben der Nach-AgriBank-Ära Gedanken zu machen – sobald sie sicher nach London zurückgekehrt war. Leider hatte ihr Abstecher in die Probleme der Leitung von AgriBanks Analyseabteilung sie keinen Schritt näher an ihr kurzfristiges

Ziel gebracht, aus Vincents Schlafzimmer zu fliehen. Sie hatte nicht ein einziges Dokument gefunden, das mit dem Seminar auf Moorland Manor in Zusammenhang stand. Das Fehlen jedweder Datei mit einem Namen wie *Ausschaltung von Aline Alexandre* war sicherlich positiv zu bewerten; andererseits war es extrem unwahrscheinlich, daß irgendwer ein solches Dokument auf einem Computer anlegte, den er hauptsächlich für die Arbeit benutzte.

Es war höchste Zeit, eine Entscheidung zu treffen. Soweit sie es beurteilen konnte, hatte sie exakt zwei Möglichkeiten. Sie konnte entweder bleiben, wo sie war, in der Hoffnung, daß es sich bei ihrer Gefangenschaft lediglich um einen dummen Streich handelte, und daß Vincent sie früher oder später befreien würde. Oder sie konnte versuchen, durch das Fenster zu entkommen, indem sie im peitschenden Regen die schlüpfrige Regenrinne hinunterkraxelte. Die Aussicht auf eine weitere Klettertour war alles andere als verlockend, aber wenn sie dabei Vorsicht walten ließ, war die Wahrscheinlichkeit gering, auf dem Weg nach unten zu stürzen und sich dabei schwer zu verletzen. Welche von beiden Optionen die riskantere und welches die sicherere war, hing also entscheidend davon ab, inwieweit sie Vincent vertrauen konnte. War er lediglich ein exzentrischer alter Mann, der letztlich keiner Fliege etwas zuleide tun würde? Oder war er ein psychisch kranker, sadistischer Killer?

Auf der Suche nach der Antwort zu dieser entscheidenden Frage hatte sie nicht viele Anhaltspunkte. Sie mußte die Möglichkeit in Betracht ziehen, daß Vincent selbst all die seltsamen Zwischenfälle veranlaßt hatte, die übers Wochenende stattgefunden hatten. Er hatte mehr Gelegenheit gehabt als sonst jemand, das Essen zu vergiften. Zugegebenermaßen hatte er behauptet, selbst krank gewesen zu sein, und er hatte beim Frühstück am nächsten Morgen sehr blaß ausgesehen. Doch das konnte auch eine Finte sein. Da er in einem anderen Teil des Gebäudes übernachtete als die Analysten, war Aline ihm während dieser denkwürdigen Nacht nicht begegnet; er konnte also alles behaupten. Und mt seiner hellen Haut dürfte es ihm nicht allzu schwer fallen, blaß auszusehen. Er war derjenige, der Alines Gruppe bei der Kletterpartie einen Baum zugewiesen hatte, der sich nur unter größten Schwierigkeiten besteigen ließ. Er hatte persönlich dafür gesorgt, daß Aline zu einem Versteck gebracht wurde, wo es unwahrscheinlich war, daß ein Kollege sie finden würde. Und da er bestimmte, was wann gemacht wurde, war es für ihn einfacher als für irgendeinen der Analysten, sich ungesehen in Alines Zimmer zu schleichen und eine tote Maus neben ihrem Bett zu platzieren. Ebenso wenig konnte sie die Möglichkeit außer acht lassen, daß er selbst den geschmacklosen Drohbrief im Rahmen des Spiels *Eigen- versus Fremdwahrnehmung* geschrieben hatte. Er konnte bequem solche Nachrichten auf Zettel geschrieben haben, bevor er die Gruppe in die Bibliothek einberief, und es wäre ihm ebenfalls ein leichtes gewesen, diese Zettel ungesehen in den Krabbelsack zu schmuggeln.

Wenn er den anonymen Brief verfaßt hatte, dann war er ganz klar nicht im Vollbesitz seiner geistigen Kräfte. Was immer er auch von Aline als Mitarbeiterin halten mochte, war sie nicht in einer Position, irgendetwas zu tun, was ihr Vorgesetzter als ein *Katz und Maus*-Spiel hätte interpretieren können. Und wenn er nun wirklich geistesgestört war? Sie hatte diese Möglichkeit noch nie in Betracht gezogen, aber sie mußte sich eingestehen, daß sich unter diesem neuen Blickwinkel alle Puzzle-Teile perfekt zusammenfügten. Selbst der tragische Todesfall in seiner Familie, der sich vor mehr als fünfzehn Jahren zugetragen hatte, und der ihn immer noch so sehr verfolgte, daß er Zeitungsartikel darüber aufhob, paßte ins Bild. Der Gedanke an Raymond Worthingtons tragischen *Unfall* gab den Ausschlag. Sie entschied sich für die Flucht durchs Fenster.

8 FLUCHT

Die Flucht erwies sich als schwierig, aber durchaus machbar. Der trickreichste Teil bestand darin, überhaupt erst an die Regenrinne heranzukommen. Sich am horizontalen Teil des Rohres entlangzuhangeln, bis sie zum senkrechten Teil kam, war eine schlüpfrige Angelegenheit. Einmal beim vertikalen Teil angekommen, war es ihr ein leichtes, an der Rinne herunterzugleiten. Zwangsläufig war sie durchnäßt, als sie endlich wieder festen Boden unter den Füßen hatte. Der dunkle Himmel und der unaufhörlich fallende Regen behinderten ihre Sicht, während sie sich unentschlossen umblickte und versuchte, über ihre nächsten Schritte zu entscheiden. Sie bemerkte, daß sie gefährlich nahe am Rand der Klippen stand, und das Naturschauspiel, das sich ihr bot, erinnerte nicht mehr im entferntesten an die friedliche Atmosphäre, die sie am Morgen genossen hatte. Der Sandstrand war jetzt nicht mehr sichtbar. Die weißen Schaumkronen der hohen Sturmwellen zischten, wenn sie gegen die Felsen krachten, als ob sie wegen einer himmelschreienden Ungerechtigkeit in der Vergangenheit Rache gegen Moorland Manor geschworen hätten.

Plötzlich bemerkte Aline, daß sie nicht allein war. Nahe an ihrem linken Ohr sagte eine vertraute Stimme: „Hier bist Du also."

Sie wirbelte herum und stand Vincent Angesicht zu Angesicht gegenüber. So ungaublich es erscheinen mochte, hatte er doch trotz des tosenden Sturms draußen nach ihr gesucht. Er mußte sich große Mühe gegeben haben, sie zu finden; seine Kleider waren fast ebenso naß wie die von Aline.

„Ja, hier bin ich", zwitscherte Aline. Sie versuchte bewußt, heiter und unbekümmert zu wirken. Es gab immer noch eine klitzekleine Chance, daß es ihr gelang, ihm vorzugaukeln, daß sie die scheußlichen Ereignisse, die sich am Wochenende auf Moorland Manor zugetragen hatten, für nichts weiter als Jux und Tollerei hielt. Es war ihre einzige Chance. Ihre Hoffnungen zerschlugen sich allerdings kurz darauf.

"Genau hier hat sich mein Sohn Raymond umgebracht", murmelte Vincent mit tonloser Stimme, während er auf die tosende Brandung schaute. Alines Herz begann zu pochen. War dies nur eine nebensächliche Bemerkung gewesen, eine schmerzhafte Erinnerung, die dieser abgelegene Ort hervorgerufen hatte? Oder hatte er Angst, daß sie vorhatte, zu springen? Würde er sie, falls notwendig, über die Klippen stoßen? Sie wußte, daß sie den tiefen Sturz in die stürmische See nicht überleben würde. Die Wellen würden sie gegen einen Felsen schmettern, dann würde sie die Besinnung verlieren und ertrinken. Ebenso war ihr klar, daß ihr Tod als Unfall behandelt würde; wie leicht konnte man während eines heftigen Sturms auf dem nassen Gras und den schlüpfrigen Steinen ausrutschen. Sie warf schnell einen Blick auf Vincents Glieder. Er wirkte nicht sehr kräftig, aber andererseits war Aline außergewöhnlich klein. Zwar war sie immer schon eine Kämpfernatur gewesen, aber es dämmerte ihr, daß die meisten ihrer Schlachten aus Wortgefechten bestanden hatten. Sie versuchte, sich zu erinnern, wann sie das letzte Mal siegreich aus einer physischen Konfrontation hervorgegangen war, konnte sich aber seit ihrer Kindergartentage an keinen Faustkampf mehr erinnern. Würden ihre siebenundvierzig Kilo Lebendgewicht ausreichen, um einen eventuellen Angriff durch Vincent abzuwehren? Sie spürte, wie ihre Muskeln unwillkürlich zuckten, während sie betete, daß es gar nicht erst zu einem Nahkampf zwischen ihr und diesem wahnsinnigen und möglicherweise verzweifelten alten Mann kommen würde. Bald wurde ihr klar, daß sie zumindest kurzfristig in Sicherheit war, denn Vincent war in Gedanken bei Ereignissen, die bereits viele Jahre zurücklagen.

„Er war wie Du", flüsterte er und schüttelte bei dieser Erinnerung traurig den Kopf. „Er war zu erfolgreich."

Zu erfolgreich? Vincents Worte hallten in Alines Geist wider. Seine Rede vom Vortag, wo er seinen Analysten vorgeworfen hatte, daß sie es nie zu etwas bringen würden, steckte ihr noch in den Knochen. Wie um alles in der Welt war sie innerhalb von vierundzwanzig Stunden von einem Totalversager zu einem Wesen mutiert, das zu erfolgreich war, um weiterzuleben? Aline sagte sich, daß sie entweder Wut oder Angst verspüren sollte. Stattdessen überkam sie eine entsetzliche Welle von Mitleid für dieses jämmerliche, schrumplige Männchen, das sich teilweise mit Ekel vermischte.

Vincent trat einen weiteren Schritt auf Aline zu. „Warum bist Du so unglücklich?" erkundigte er sich. In seiner gequälten Stimme schwang Aufrichtigkeit mit.

Aline starrte ihn ungläubig an. „Ich bin nicht unglücklich!" gab sie wütend zurück. "Ich bin sogar ausgesprochen glücklich, solange ich nicht von irgendwelchen Verrückten in finstere Räume gesperrt werde!" Sie wußte nicht, was sie veranlaßte, hinzuzufügen: „Aber wenn ich einen Vater wie Dich gehabt hätte, wäre ich auch gesprungen!"

Sie biß sich auf die Lippen und wünschte, sie könnte ihre Worte zurücknehmen. Auf Vincents Gesicht malte sich ein Ausdruck von Schock und unbeschreiblichen Qualen. Jetzt war alles aus, dachte sie, von Panik ergriffen. Vincent würde einen Wutanfall bekommen und sie über die Klippen stossen. Sie machte sich aufs Schlimmste gefaßt, doch zu ihrem Erstaunen starrte er sie nur weiterhin an. Er wirkte einsam und verlassen. Dies war nicht das Gesicht eines Mörders, der drauf und dran war, sein Opfer anzugreifen. Stattdessen sah er aus, als ob er gleich in Tränen ausbrechen würde.

„Ich habe doch nur versucht, Dir zu helfen!" rief er verzweifelt. Sein Tonfall erinnerte an einen Dreijährigen, der unerwartet von seiner Mutter gescholten wurde.

„Mir zu helfen?!?" wiederholte Aline ungläubig. *Wenn hier jemand Hilfe benötigte, dann war es Vincent,* dachte sie.

„Ja, weißt Du, Du bist eine unserer besten Analystinnen. Aber Du bist zu unabhängig, zu selbstsicher. Du glaubst, daß Du ohne Deine Kollegen klarkommst, weil Du erfolgreich bist. Aber es ist keine Kunst, erfolgreich zu sein, wenn man in einem miserablen Team arbeitet. Und als Dein Vorgesetzter kann ich Dein Verhalten nicht dulden, nur weil Du erfolgreich bist. Schließlich war Edwards Problem, daß er zu erfolgreich war. Ich versuche ja nur, Dir zu helfen, Deinen Kollegen zu vertrauen und Dir eine Karriere zu ermöglichen."

Aline fehlten die Worte. Er hatte sie also eingesperrt und ihr all dieses Leid zugefügt, nur um sie eine Weile im eigenen Saft schmoren zu lassen und ihr dann die Botschaft ans Herz zu legen, daß Team-Arbeit wichtig sei? Davon abgesehen ergab seine Rede überhaupt keinen Sinn. Edward hatte für eine Abteilung gearbeitet, die nicht auch nur im entferntesten mit Aktienanalyse zu tun hatte. Sein ,Problem' hatte darin bestanden, daß er AgriBank um hunderte von Millionen Pfund Sterling erleichtert hatte und man ihm letztendlich auf die Schliche gekommen war. Er hatte keinerlei Erfolge vebuchen können, wenn man einmal davon absah, daß seine betrügerischen Aktivitäten dank AgriBanks unzulänglichen internen Kontrollen und Risiko-Management-Systemen lange Zeit unbemerkt geblieben waren. Vincents Behauptung, daß Individuen es leichter hätten als Teams, widersprach einfach nur jedem gesunden Menschenverstand; und wenn das Management seiner eigenen Logik folgte, dann ließen sich die Kosten für Teams wohl kaum vor den Aktionären der Bank rechtfertigen. Sie hatte schon lange vermutet, daß Vincent einfach nur opportunistisch die

Meinungen seiner letzten Gesprächspartner wiedergab, ohne auch nur ansatzweise darüber nachzudenken. Aber die Widersprüche in den Warnungen, die er gerade ausgesprochen hatte, mußten doch auch ihm auffallen! Sie hegte stärkere Zweifel denn je an Vincents geistiger Gesundheit, während sie in entsetzt anstarrte.

„Aber es ist kalt und naß hier", fuhr Vincent ruhig fort. „Laß uns ein Gespräch vereinbaren, wenn wir wieder im Büro sind."

„Mein nächstes Gespräch wird in der Personalabteilung stattfinden!" schrie Aline, die ihre Stimme wiedergefunden hatte, empört.

„Du willst Dich bei der Personalabteilung beschweren?" fragte Vincent ungläubig, so als könne er sich nicht vorstellen, daß ihn jemand wegen eines dämlichen aber völlig harmlosen Streichs verpfeifen wollte.

„Nein. Ich werde bei der Personalabteilung kündigen. Beschweren werde ich mich bei der Polizei. Ganz egal, was Du mir für Lektionen erteilen wolltest, hattest Du kein Recht, mich einzusperren und eine unschuldige kleine Maus umzubringen und..."

„Eine Maus umzubringen?" wiederholte Vincent verwirrt. Er hatte sie offensichtlich für verrückt erklärt. Als er sie am Rande der Klippen vorgefunden hatte, ihren Blick auf die tosende Brandung unter ihr gerichtet, hatte er ihre Handlungen fälschlicherweise als Selbstmordversuch gedeutet. Und jetzt erfand sie Geschichten über ermordete Mäuse. Gelinde ausgedrückt, wirkte ihr Verhalten auf ihn erratisch. „Wovon redest Du nur?"

Aline fühlte sich plötzlich regelrecht krank. Sie war überzeugt gewesen, daß die tote Maus, die sie am Vormittag neben ihrem Bett gefunden hatte, ein integraler Bestandteil Vincents zweifelhafter Erziehungsmaßnahmen gewesen war. Nun spürte sie, daß er ehrlich veblüfft war. Aber wenn er die Maus nicht in Alines Zimmer gebracht hatte, wer hatte es dann getan? Und was hatte er damit bezweckt? Gab es einen weiteren Soziopathen in der Analyseabteilung der AgriBank, einen Wolf im Schafspelz, der noch weitaus gefährlicher war als Vincent? Stärker als je zuvor verspürte Aline den Drang, das Geheimnis zu lüften. Sie würde auf der Hut sein müssen, bis alle Puzzlestücke zusammen paßten. Vincent hingegen schien sich nicht weiter für das Geheimnis der ermordeten Maus zu interessieren und beschloß, das Thema zu wechseln.

„Es ist schon spät, wir sollten reingehen", bemerkte er nonchalant und ließ Aline den Vortritt. Er folgte dicht hinter ihr und hielt einen Arm über ihre Schulter, als wolle er sie schützen oder niederschlagen, falls es nötig würde.

Einige Stunden später lag Aline im Bett und kämpfte gegen Müdigkeit an, die sie einzuhüllen schien und drohte, sie ins Land der Träume zu befördern. Sie hatte sich geschworen, so lange wach zu bleiben, bis sie davon überzeugt war, den Mausmörder entlarvt zu haben, und an diesen Vorsatz würde sie sich um jeden Preis halten. Sie wußte, daß sie sich erst dann wieder sicher fühlen würde, wenn sie die Beweggründe des Schelms aufgeklärt und damit die entscheidende Frage beantwortet hatte: *War er mit seinem primitiven Racheakt zufrieden, oder war die Episode mit der Maus lediglich der Vorspann zu einem schrecklicheren Ereignis?*

Als erstes würde sie versuchen, diejenigen von ihrer Liste zu streichen, die als Verdächtige nicht in Frage kamen. Vincent hatte mit der Sache nichts zu tun. Sein Erstaunen, als sie die tote Maus erwähnt hatte, war echt gewesen. Aline war froh darüber, aber dennoch nicht ganz beruhigt. Wenn Vincent auch kein Tierquäler war, so bedeutete dies noch lange nicht, daß er eine gefestigte Persönlichkeit war. Ihre anfängliche Erleichterung darüber, aus dem verschlossenen Badezimmer entkommen zu sein, war bald nagenden Zweifeln gewichen. Sie hatte noch nie von Vorgesetzten gehört, die ihre Untergebenen im Rahmen von Disziplinarmaßnahmen einsperrten. Je mehr sie darüber nachdachte, desto mehr wuchs in ihr die Überzeugung, daß Vincent an einer schweren Persönlichkeitsstörung litt, mit der Folge, daß seine Handlungen weder nachvollziehbar noch vorhersehbar waren.

Es war nicht auszuschließen, daß Fred der Mausmörder war, aber Aline betrachtete die Wahrscheinlichkeit als gering. Man konnte ihn weder als gerissen noch als subtil bezeichnen. Wenn ihm irgendetwas, was Aline gesagt oder getan hatte, nicht in den Kram paßte, so würde er eher seine Kollegen beim Kaffeeautomaten abfangen, um seiner Unmut Luft zu machen.

Mit Amanda verhielt es sich ähnlich. Raffinesse paßte nicht wirklich zu ihr; es war viel eher damit zu rechnen, daß sie sich mit Geheul auf Aline stürzte, wenn diese etwas tat oder sagte, was Amanda nicht gefiel. Amanda nutzte jede Gelegenheit, um sich hervorzutun und tat ihre Meinungen, gespickt mit der richtigen Dosis an Selbstgerechtigkeit, am liebsten vor einem großen Publikum kund, das so tat, als ob es hingerissen lauschte. Mäuse zu töten und sie dann anonym neben den Betten einzelner Kollegen abzulegen war kaum eine geeignete Methode, um den Heiligenschein über ihrem Kopf zu polieren, und da letzteres das einzige war, was Amanda interessierte, konnte Aline sie wohl problemlos abhaken, was das Mausmassaker betraf.

Darüber hinaus beschloß Aline, keine Zeit auf Analysten zu verschwenden, die andere Sektoren abdeckten und mit denen sie daher im normalen Geschäftsverlauf der AgriBank keine Berührungspunkte hatte. Die meisten von ihnen waren ohnehin erst vor kurzem zur AgriBank gekommen, und falls einer von ihnen ein Hühnchen mit ihr zu rupfen hatte, würde sie niemals erraten, was das sein konnte. Das gleiche galt für Vincents Familienmitglieder, die derzeit auf Moorland Manor lebten. Es konnte natürlich sein, daß Geistesstörungen in der Familie lagen und einer von ihnen absichtlich giftige Pilze in die Speisekammer und später die Maus neben Alines Bett gelegt hatte. Da jedoch keiner der Anwohner Aline kannte, wäre es schon ein seltsamer Zufall, daß sie die Maus ausgerechnet in ihr Schlafzimmer gebracht hatten. Und selbstverständlich war Vincents Familie unschuldig im Hinblick auf ihre abenteuerliche Baumkletterpartie und den anonymen Drohbrief. Gleichzeitig war Aline überzeugt, daß das Geheimnis der ermordeten Maus mit den anderen Ereignissen zusammenhing, die auf Moorland Manor stattgefunden hatten. Aufgrund dieser Überlegungen strich Aline die Liste der Verdächtigen auf zwei Personen zusammen. Entweder Tom oder Julia mußte schuldig sein.

Tom kam am ehesten in Frage. Vermutlich war er der Verfasser der Haßtirade zum Thema *Katz und Maus*, der sie im Rahmen des Spiels *Eigenversus Fremdwahrnehmung* ausgesetzt gewesen war, und auf die dann der grausige Fund neben ihrem Bett gefolgt war. Er fühlte sich von Aline eingeschüchtert und gab ihr die Schuld an seinen Unzulänglichkeiten. Gleichzeitig war er unfähig, seine Erbitterung in Worte zu fassen und Konflikte offen auszutragen. Er hatte einen hinterhältigen und grausamen Zug und mochte sich zu sinnlosen Handlungen hinreißen lassen, wenn sie dem Zweck dienten, Aline zu schaden. Dazu war er sicherlich auch bereit, ein Tier zu opfern. Aber konnte sie mit Sicherheit sagen, daß er den Drohbrief verfaßt hatte? Und wie sicher hatte er in diesem Falle sein können, daß er Gelegenheit haben würde, eine Maus zu fangen, um seiner Botschaft auf diese Weise Nachdruck zu verleihen?

Je mehr sie darüber nachdachte, desto mehr reifte in ihr die Erkenntnis, daß das Mausmassaker eher untypisch für ihr passiv-aggressives Team-Mitglied war. Den Plan auszuhecken, eine Maus zu töten und sie strategisch neben einer schlafenden Kollegin zu platzieren, ohne ihr irgendeinen Anhaltspunkt zu geben, was es mit diesem Streich auf sich hatte, erforderte Scharfsinn und Geduld – beides Charakterzüge von Julia. Julia gab sich jede nur erdenkliche Mühe, sich als freundliche, anteilnehmende, völlig normale Kollegin auszugeben. Sie gab sich damit etwas zu viel Mühe, fand Aline. So normal war bei der AgriBank schließlich niemand. In ihrem Halbschlaf hegte Aline zunehmend den Verdacht, daß Julia sich lediglich ihr Vertrauen erschleichen wollte, um so ihre eigenen, unergründlichen Ziele zu verfolgen. Sie durfte die Möglichkeit nicht außer acht lassen, daß Julia die treibende Kraft hinter all den Ereignissen gewesen war, die an diesem Wochenende stattgefunden hatten. Julia hatte die Theorie entwickelt, daß die Lebensmittelvergiftung, die sie während ihrer ersten Nacht auf Moorland Manor auf Trab gehalten hatte, auf giftige Pilze zurückzuführen gewesen war. Julia selbst war nicht erkrankt. Konnten die Pilze eine Finte sein, und hatte in Wirklichkeit Julia selbst Gift unter das Essen gemischt? Julia war diejenige gewesen, die vorgeschlagen hatte, Aline solle bis zum Baumwipfel klettern – ein Unterfangen, das beinahe zu einem schweren Unfall geführt hätte. Auch hatte Julia absichtlich den Verdacht auf Tom als Verfasser des Drohbriefs gelenkt. Und wenn ihn Julia nun selbst geschrieben hatte? Vielleich hatte sie im anonymen Brief absichtlich ihre Handschrift verstellt und eine zweite, harmlose Botschaft in ihrer üblichen Handschrift verfaßt, um Aline zu täuschen. Aber konnte man seine Handschrift überhaupt so sehr verstellen? Von Anfang an hatte Julia versucht, Alines Vertrauen zu gewinnen – was ihr beinahe gelungen wäre. Indem sie an diesem abgelgenen Ort für mysteriöse Vorfälle gesorgt und den Verdacht auf Alines Kollegen gelenkt hatte, hatte sie vielleicht gehofft, Aline dazu zu bringen, sich dem einzigen Menschen anzuvertrauen, von dem sie glaubte, daß er auf ihrer Seite war. Aber wozu? *Wenn ich nur wüßte, was sie im Schilde führt, dann hätte ich die Erklärung für alles,* dachte Aline und gähnte. Sie mußte alles logisch durchdenken, um sich vor einer weiteren unangenehmen Überraschung zu schützen, aber sie war so müde...

Aline erwachte, als ihre Zimmertür sich langsam öffnete. Die ersten Sonnenstrahlen fanden bereits ihren Weg durch die recht lose sitzenden Fensterläden, und Aline konnte deutlich die Umrisse einer leblosen weißen Maus erkennen, die bei jedem Schritt zitterte, mit dem sich der Eindringling näherte. Schließlich war er an Alines Bett angekommen. Behutsam legte er die Maus ab. Dann ließ er sich auf den Rücken fallen und schnurrte.

„Das Kätzchen scheint wohl einen Narren an Dir gefressen zu haben!" Julia stand in der offenen Tür und betrachtete amüsiert die ‚tierische' Szene zu ihren Füßen. „Als ich klein war, hatten wir drei Katzen zuhause, und ich habe nicht ein einziges Mal eine Maus abgekriegt. Vincent läßt Dir ausrichten, daß Du Dich beeilen sollst. Wir fahren sobald wie möglich los, damit wir später nicht im Verkehr stecken bleiben, wenn sich Gott und die Welt nach dem langen Wochenende auf den Heimweg macht."

„In anderen Worten: ich bin nicht die einzige, die hier nichts mehr hält?"

„Das kannst Du laut sagen. Es gibt Grenzen, wieviel Teamgeist man verkraften kann."

„Okay, sag ihnen, ich bin in zehn Minuten unten."

9 IN SICHERHEIT

Fast eine Woche später saß Aline bequem an einem Tisch in einem italienischen Restaurant. Ihr Freund Jim saß ihr gegenüber, und vor ihr lag eine lange Speisekarte mit Gerichten, die garantiert ungefährlich waren.

„Dann bestand also zu keinem Zeitpunkt Gefahr?" fragte Jim ungerührt, während er an seinem Champagnerglas nippte, nachdem Aline ihn über ihr Wochenende ins Bild gesetzt hatte.

„Wenn Nahrungs- und Schlafentzug, Gefangenschaft und Beinahe-Unfälle, die tödlich hätten ausgehen können, Deiner Ansicht nach keine Gefahr darstellen, dann hast Du natürlich Recht: es war alles völlig harmlos", gab Aline leicht irritiert zurück. Nach allem, was sie am Bankfeiertagswochenende durchgemacht hatte, hatte sie auf etwas mehr Anteilnahme gehofft.

„Was Du da sagst, würde auf mich sehr viel mehr Eindruck machen, wenn Du mir nicht jeden Tag vorjammern würdest, daß Dein Büro aussieht, wie ein Kerker, daß Du in aller Herrgottsfrühe aufstehen mußt und keine Zeit hast, eine Mittagspause zu machen", gab Jim skeptisch zurück. „Und wenn ich mich recht erinnere, hast Du in Deinem Trapezkurs immer mit Begeisterung *Saltos Mortales* gemacht."

„*Salti Mortali*", korrigierte Aline ihn mechanisch. Ihre Gedanken verweilten noch bei den Ereignissen des vergangenen Wochenendes. Zwar war sie inzwischen davon überzeugt, daß die Lebensmittelvergiftung auf menschliches Versagen zurückzuführen gewesen war und die tote Maus zweifellos auf das Konto des verspielten schwarzen Kätzchens ging, Toms Drohbrief hatte bei ihr jedoch ein ungutes Gefühl hinterlassen. Die Tatsache, daß sie sich immer noch nicht ganz sicher sein konnte, ob Tom auch wirklich der Verfasser besagten Inhalts war, trug zusätzlich zu ihrem Unwohlsein bei. Das Zusammenspiel eines Kollegen, der ihr Bösartigkeit vorwarf und Rache schwor, und eines Vorgesetzten, der soviel Argwohn gegenüber erfolgreichen Angestellten hegte, daß er es für seine Pflicht hielt, sie einzusperren, war kein gutes Vorzeichen für ihre Zukunft bei der AgriBank. Zum Glück würde dieses Kapitel ihrer Karriere bald enden.

„Wie lief es eigentlich bei der Personalabteilung?", wollte Jim wissen, als habe er ihre Gedanken erraten.

„Bei der Personalabteilung?"

„Ja, hattest Du Vincent nicht gesagt, Du wolltest kündigen?"

„Ach so, ja. Es gibt allerdings gute Nachrichten: ich muß gar nicht kündigen."

"Soll das heißen, daß sie Dich feuern, weil Du Dich nicht genügend in die ganzen gruppendynamischen Spiele eingebracht hast?!?" fragte Jim ungläubig.

"Oh, das wichtigste habe ich Dir ja noch gar nicht erzählt. Gerüchten zufolge wird unsere Abteilung bald dichtgemacht. Anscheinend stecken wir tief in den roten Zahlen, und keine Teamarbeit der Welt kann uns helfen, wieder schwarze Zahlen zu schreiben. Deshalb werden sie wohl bald ein freiwilliges Abfindungsprogramm anbieten."

„Das wundert mich ehrlich gesagt nicht. Nach allem, was Du so erzählt hast, kamen sie mir ziemlich konzeptlos vor. Weißt Du schon, was Du als nächstes machen wirst?"

„Ich gehe zusammen mit Julia auf Jobsuche. Wir treffen uns morgen zum Mittagessen, wo wir alles besprechen und eine Liste machen mit allen Arbeitgebern, die in Frage kommen und allen Kopfjägern, die wir kennen, und dann teilen wir uns die Arbeit auf. Sie ist mir schon um eine Nasenlänge voraus, weil sie ihre Fühler bereits ausgestreckt hat, als sie mit Vincent aneinandergeraten ist, kurz nachdem er zum *Sektorübergreifenden Koordinator* degradiert wurde. Sie hat mir versprochen, daß sie mir jemanden vorstellt, der... Was gibt's da zu grinsen?"

„Es sieht ganz danach aus, als ob Dein Gruppenarbeitsseminar bereits erste Erfolge zeitigt", witzelte Jim. „Ich kann mich nicht erinnern, daß Du schon jemals so eng mit Deinen Kollegen zusammengearbeitet hättest."

Aline mußte zugeben, daß man der Situation so betrachtet eine komische Seite abgewinnen konnte. Trotz allem mußte sie lachen.

„Julia ist die einzige, mit der ich befreundet bin. Alle anderen sitzen nach wie vor schweigend und zusammengekauert an ihren Plätzen. Ich habe immer noch keine Ahnung, was eigentlich mit ihnen los ist. Ich denke, daß sie einfach unter der erdrückenden Atmosphäre im Büro leiden."

„Und wie geht es denn Vincent?"

„Er hat sich seit dem Wochenende nicht verändert", gab Aline schulterzuckend zurück. „Ich denke, er hat einfach kein Talent zum Glücklichsein. Schwermut liegt bei ihm in der Familie. Vincents Großvater hat sich auch umgebracht, und einer seiner Brüder ist wegen seiner manischdepressiven Krankheit in Behandlung. Der Selbstmord seines Sohnes und die darauffolgende Scheidung haben ihm wahrscheinlich das bißchen Charakterfestigkeit geraubt, das er überhaupt besaß, und die ganzen Uneinigkeiten über AgriBanks Strategie auf der Vorstandsetage waren auch nicht gerade hilfreich. Als sein Chef ihm sagte, er solle schleunigst das Ruder herumreißen, ohne näher darauf einzugehen, was das nun eigentlich bedeutete, geriet Vincent in Panik, denn sein Job war ja das einzige, was ihm in seinem Leben geblieben war. Deshalb erklärte er permanente Veränderung zum Selbstzweck und dachte sich all diese wenig zielführenden Sonderprojekte aus, wie gruppendynamische Seminare und sektorübergreifende Analyseberichte."

„Wie hast Du denn all das in Erfahrung gebracht?"

„Ich hab's von Julia", sagte Aline grinsend. „Frag mich nicht, wie sie es fertigbringt, immer über alles und jeden bescheid zu wissen. Ganz gleich, ob gerade einer unserer Kunden dabei ist, sich aufzulösen, AgriBank Geld verliert oder ein Wettbewerber einen Analysten gefeuert hat, Julia bekommt es sofort mit."

„Du hast mich noch gar nicht nach meinen Neuigkeiten gefragt", meinte Jim nach einer Weile.

„Das liegt daran, daß ich ein egozentrischer Eigenbrötler bin, der sich jedesmal ablenken läßt, wenn er in lebensbedrohliche Situationen gerät."

„Oh bitte, Aline, nicht schon wieder", gab Jim zurück und rollte mit den Augen.

„Okay, dann schieß los. Was gibt's?"

„Erinnerst Du Dich an Greenfield Partners, die Firma, die vor ein paar Monaten durch einen Kopfjäger auf mich zukam?"

Aline nickte. Jim war von der Position begeistert gewesen und seine Vorstellungsgespräche waren anfänglich sehr gut gelaufen. Doch dann hatte sich Greenfield nicht mehr gemeldet.

„Sie hatten einen Einstellungsstopp, aber der ist jetzt wieder aufgehoben worden. Sie haben mir ein mündliches Angebot unterbreitet, und ich sollte den Vertrag in ungefähr einer Woche erhalten."

„Donnerwetter, herzlichen Glückwunsch!" sagte Aline, die sich plötzlich sehr beschwingt fühlte. „Dann sieht es wohl so aus, als ob wir gleichzeitig von unseren derzeitigen Arbeitgebern in den ‚Gartenurlaub' geschickt würden?"

„Ja, wir sollten die Gelegenheit nutzen und eine romantische Reise buchen. Ich habe schon überlegt, wo man im Herbst wohl am besten hinfährt, ohne dafür stundenlang im Flieger sitzen zu müssen."

„Wie wäre es mit Cornwall?", schlug Aline vor.

„Das ist nicht Dein Ernst!" Jim sah sie mit offener Kinnlade an.

„Oh doch. Die Gegend ist atemberaubend schön, und ich habe sie mir während des Seminars gar nicht richtig ansehen können. Und Du hattest doch gesagt, daß Du gerne ein romantisches Wochenende in einem Geisterschloß verbringen würdest."

„Aber glaubst Du denn, daß Vincent bereit wäre, seine Familienresidenz zu vermieten?"

„Keine Ahnung. Aber es gibt sicher irgendwo in der Gegend ein nettes kleines Hotel, wo man keine Sorge haben muß, daß man am nächsten Morgen tote Mäuse neben seinem Bett auffindet oder zum Abendessen giftige Pilze serviert bekommt."

„Du hast mich überzeugt", lächelte Jim. „Und jetzt sag mir bitte nie wieder, daß sich Dein Seminar nicht gelohnt hat!"

DAS ENDE

ÜBER DIE AUTORIN

Marietta Miemietz wurde in Neustadt an der Weinstraße in Deutschland geboren. Sie hat fünfzehn Jahre lang in der Finanzdienstleistungsbranche in den USA, Deutschland und zuletzt in Großbritannien gearbeitet, in erster Linie als Aktienanalystin für den Pharma-Sektor. Als sie Lesen und Schreiben lernte, beschloß sie, Schriftstellerin zu werden. Sie verläßt das Haus deshalb nie ohne ein Notizbuch. *Das Seminar* ist ihr erstes Buch.

12434917R00037

Made in the USA
Charleston, SC
04 May 2012